In Altre Parole

Jhumpa Lahiri

べつの言葉で

ジュンパ・ラヒリ
中嶋浩郎 訳

CREST BOOKS
Shinchosha

目　次

IN ALTRE PAROLE
by
Jhumpa Lahiri

First Japanese edition published in 2015 by Shinchosha Company
Japanese translation rights arranged with
Jhumpa Lahiri c/o William Morris Endeavor Entertainment, LLC., New York
through Tuttle-Mori Agency, Inc., Tokyo.

Cover Photograph © photo Umberto Verdoliva
Design by Shinchosha Book Design Division

パオラ・バジーリコ

アンジェロ・デ・ジェンナーロ

アリーチェ・ペレッティに

「……わたしには違う言語が必要だった。情愛と省察の場である言語が」

——アントニオ・タブッキ

べつの言葉で

横断

小さな湖を泳いで渡りたい。ほんとうに小さい湖なのだが、それでも向こう岸は遠すぎて、自分の力を越えているように思える。湖の真ん中あたりはとても深いことがわかっているし、泳げるとはいえ、何の支えもなく一人で水に入るのはこわい。

その湖は、ひっそりと人里離れた場所にある。そこへ行くには静かな林を横切って、少し歩かなければならない。向こう岸には小さな家が見えるが、それが岸辺にあるただ一つの住居だ。湖は何千年も前、最後の氷河期のすぐあとにできた。水はきれいだがくすんだ色をしていて、流れはなく、塩水よりも重い。湖に入って岸から数メートル離れると、もう底は見えない。

朝、わたしのように湖に来ている人たちを観察する。その人たちがのびのびとリラックスした様子で湖を横切り、小さな家の前で何分か立ち止まり、それからまた戻ってくるのを見る。彼らのストロークを数える。彼らがうらやましい。

一か月の間、わたしは岸から数メートルのところを円を描くように泳ぐ。円周は直径に比べたらずっと意味のある距離だ。一周するのに三十分以上かかる。でも岸に近いことに変わりはない。止まることもできるし、疲れたら足をついて立つこともできる。いい練習だが、胸が高まることはない。

そして、夏の終わりごろのある朝、湖に行って二人の友だちと出会う。わたしは彼らといっしょに湖を渡り、ついに向こう岸の小さな家まで行ってみることにする。岸の近くばかりを泳いでいるのにはうんざりだ。

ストロークを数える。仲間たちがいっしょなのはわかっているが、水の中にはわたしたちしかいないのも確かだ。およそ百五十回のストロークで、すでに半分、いちばん深いところまで来ている。泳ぎつづける。さらに百回で底がまた見えるようになる。

向こう岸に着く。何の問題もなくやり遂げた。今までは遠かった小さな家が目と鼻の先に見える。夫と子供たちの姿が遠く小さく見える。たどり着けそうにないと思えるが、そんなことはないとわかっている。渡ってくると、よく知っている岸が向こう岸になり、ここがあそこになる。エネルギーを充塡して、湖を再び渡る。小躍りして喜ぶ。

わたしは二十年間、その湖の岸沿いを泳ぐようにイタリア語を勉強してきた。つねにわたしの主な言語である英語のかたわらで。そのそばを離れずに。それはいい練習だった。筋肉や脳には有益だが、けっして胸が高まることはない。このように外国語を勉強すれば、溺れる心配はない。別の言語がいつもそばにあり、支えたり助けたりしてくれる。だが、溺れたり沈んだりする危険なしで浮いているだけでは十分とはいえない。新しい言語を知り、そこにどっぷり浸かるためには、岸を離れなければならない。浮き輪なしで。陸地をあてにすることなく。

秘められた小さな湖を渡った数週間後、わたしは二度目の横断をする。距離はずっと長いが、ぜんぜん苦しくはない。それはわたしの人生初のほんとうの出発になるだろう。今回は船で大西洋を渡る。イタリアで暮らすために。

辞書

わたしが買う最初のイタリアの本は、意味説明が英語のポケット版辞書だ。一九九四年、初めてフィレンツェに向かうときのこと。ボストンのリッツォーリというイタリア名の書店へ行く。垢抜けたきれいな書店で、今はもうない。

初めてのイタリア旅行で、フィレンツェのことは何も知らないが、ガイドブックは買わない。友だちのおかげでホテルの住所はもうわかっている。わたしは学生で、わずかなお金しかない。いちばん重要なのは辞書だと思う。

わたしが選ぶ辞書は表紙が緑のビニールで、破れにくく、水を通さない。軽くてわたしの手よりも小さい。石鹼とだいたい同じ大きさだ。裏表紙に、約四万のイタリア語を収録と書いてある。

ウフィーツィ美術館のほとんど人がいない展示室を見て回っているとき、妹が帽子をなくしたことに気がつき、わたしは辞書を開く。帽子をイタリア語で何というか調べようと英語の部分を見る。言いまちがえたに決まっているが、どうにかイタリア語で係員に、帽子をなくしたと言う。奇跡的にその人はわたしの言うことを理解してくれて、帽子は間もなく見つかる。

それ以来ずっと、イタリアへ行くたびにこの辞書を持っていく。いつもバッグに入れておく。道を歩いているとき、観光を終えてホテルに戻るとき、新聞記事を読もうとするとき、言葉を探す。わたしを案内し、守り、すべてを説明してくれる。

地図にも羅針盤にもなり、それなしでは迷ってしまうことがわかっている。権威のある親のような存在になり、それなしに外出することはできない。秘密と啓示にあふれた神聖な書物だと思う。

あるとき、最初のページに「provare a（プロヴァーレ・ア） = cercare di（チェルカーレ・ディ）（〜しようと試みる＝〜しようと努める）」と書く。

この落書き、この言葉の方程式は、わたしがイタリア語に寄せる愛のメタファーといってもいい。それは要するに、辛抱づよい企て、絶え間ない試みにほかならない。

最初の辞書を買ってから二十年後、わたしは長期滞在のためにローマへ引っ越そうと決心する。出発の前、何年もローマに住んでいた友人に、どんなときでも言葉を探せるように、携帯電話のアプリのようなイタリア語の電子辞書があると役に立つだろうかとたずねる。

彼は笑って言う。「きみはまもなくイタリア語の辞書の中に住むんだよ」

彼の言うとおりだ。ローマで二か月暮らして、そんなに頻繁には辞書を引かないことがだんだんわかってくる。外出するとき、辞書は閉じたままバッグに入っていることが多い。いきおい家に置いたまま外出しはじめる。一つの節目に来ていることに気づく。それは一面では自由だが、同時に喪失でもある。少しは成長したということだ。

いまわたしの机の上には、もっと大きくてずっしりと重い辞書がいくつもある。そのうちの二冊は英語が一言も書いてない伊伊辞典だ。いまやあの小さな辞書の表紙は色があせかけ、少し汚れてしまっている。ページは黄ばんでいる。いくつかのページは綴じ目がはずれかけている。

いつもはナイト・テーブルに置いたままになっていて、読書中、知らない言葉を簡単に調べることができる。この本のおかげでわたしはほかの本が読め、新しい言語の扉を開くことができる。いまでもヴァカンスに行くときや旅行中はわたしに同行してくれる。必需品になっている。出かけるときに持っていくのを忘れてしまったら、歯ブラシやストッキングを忘れるのと同じように、ちょっと落ち着かなく感じる。

いまやあの小さな辞書は親というよりも兄弟のようだ。それでもまだわたしを助け、案内してくれる。相変わらず秘密がいっぱい詰まっている。この小さな本はわたしよりずっと大きな存在でありつづける。

雷の一撃

一九九四年、妹と二人で自分たちにイタリア旅行をプレゼントしようと決めるとき、フィレンツェを選ぶ。わたしはボストンでブルネッレスキのパッツィ家礼拝堂、ミケランジェロのメディチ・ラウレンツィアーナ図書館など、ルネッサンス建築について勉強している。クリスマスの何日か前、夕暮れのフィレンツェに着く。暗い中、最初の散歩をする。親しみやすく、穏やかで、陽気な場所にいると感じる。季節柄、店は美しく飾りつけられている。道は狭く、人であふれかえっている。いくつかの通りは道というより廊下に似ている。わたしや妹のような観光客もいるが、そんなに多くはない。ずっとここに暮らしている人たちを見る。その人たちは建ちならぶ大邸宅には目もくれずに急ぎ足で歩いている。立ち止まらずに広場を横切っている。

わたしは大邸宅を見たり、広場や教会を観賞したりするため、一週間の予定でここに来た。だが、最初からわたしとイタリアとの関係は視覚的であるだけでなく、聴覚的でもある。車は少ないのに町はざわざわしている。それはどこへ行っても聞こえてくる会話、フレーズ、言葉の音で、わたしの好きな音だということに気がつく。まるで町全体がちょっと落ち着きのない観衆の集まる一つの劇場で、芝居が始まる前にみんなでおしゃべりしているかのようだ。

道でクリスマスの挨拶を交わす子供たちの声に興奮を聞き取る。朝ホテルで部屋を掃除する女性が、「avete dormito bene?（アヴェーテ・ドルミート・ベーネ）（よく眠れましたか？）」とわたしに聞く声に優しさを聞き取る。歩道でうしろを歩いている紳士がわたしを追い越そうとして、「permesso?（ペルメッソ）（よろしいですか？）」とたずねる声にわずかな苛立ちを聞き取る。

わたしは返事ができない。どんな会話をする能力もない。聞くだけだ。店やレストランで耳に入ってくる言葉は、すぐさま激しく矛盾した反応を引き起こす。イタリア語はもうわたしの中にあるようなのに、同時にまったく未知のものだ。外国語だとわかっているのに、そんなふうには思えない。おかしいと思われるかもしれないが、親しく感じられる。ほとんど何もわからないのに、何かがわかる。

何がわかるのだろう？　美しいのはもちろんだが、美しさは関係ない。わたしとつながりがあるに違いない言語のような気がする。ある日偶然出会ってすぐに絆とか情愛を感じる人のような気がする。まだ知らないことばかりなのに、何年も前から知っているような。覚えなかったら満足できないし、完結できないだろうと思う。わたしの中にこの言語の落ち着けるスペースがあると感じる。

距離と同時につながりを感じる。隔たりと同時に親近感を。わたしが感じるのは、何か肉体的で、不意を突かれるような、説明のつかないものだ。図々しくばかげた欲望を引き起こす。すばらしい緊張感を引き起こす。まさに雷の一撃だ。

ダンテの家のすぐ近くでフィレンツェの一週間を過ごす。ある日、ベアトリーチェの墓がある小さな教会、サンタ・マルゲリータ・デイ・チェルキ教会へ行く。詩人が愛した霊感の源、永遠に手の届かない存在だった女性。別離と沈黙が定めの、満たされることのない愛。

わたしにはこの言葉を知るほんとうの必要性はないだろう。イタリアに住んでいないし、よく知っているイタリア人も一人もいない。あるのは欲求だけだ。だが結局のところ、欲求というのはむちゃな必要性以外の何物でもない。多くの情熱的な関係のように、わたしの熱狂は献身的な愛、執着になるだろう。バランスを欠き、報いられることのないものはいつでもあるだろう。わたしは惚れ込んでしまったのだが、相手は無関心なままだ。イタリア語はわたしなどまったく必要としないだろう。

多くの邸宅やフレスコ画を見た一週間が終わり、わたしはアメリカに帰る。旅の思い出に絵はがきやおみやげを持っていく。だが、いちばんはっきりと鮮やかな思い出は形のないものだ。イタリアのことを思うとき、いくつかの言葉、いくつかのフレーズがまた聞こえてくる。わたしはそれが聞けないのを寂しく思う。この寂しさが少しずつわたしをイタリア語の習得に向かわせる。欲求にせき立てられていると感じると同時に、気後れしてためらっているとも感じる。わずかに苛立ちながら、わたしはイタリア語にたずねる。「permesso?（よろしいですか？）」

亡命

わたしのイタリア語との関係は亡命の地、別離の状態で進行する。

どの言語もある特定の場所に属している。場所が変わったり広がったりすることはあり得る。しかし、普通は一つの地理的領域、一つの国と結びついている。イタリア語は特にイタリアに属しているが、わたしはイタリア語と簡単には出会えない別の大陸に暮らしている。

ベアトリーチェと話をするまで九年間待ったダンテのことを思う。ローマから遠く離れた場所に追放されたオウィディウスのことを思う。聞いたことのない音に囲まれた言語の辺境の地に。

アメリカでベンガル語で詩を書くわたしの母のことを思う。移住して五十年近くたっても、母は自分の言語で書かれた本を一冊も見つけることができない。

ある意味では、わたしは言語的な亡命とでも言うべき生活に慣れていた。わたしの母語であるベンガル語は、アメリカでは外国語だ。自分の言語が外国語と見なされている国に住んでいると、絶えず疎外感を味わう可能性がある。周囲の環境との釣り合いを欠く秘密で未知の言葉を話すのだ。その欠落は自分の中に隔たりを生み出す。

わたしの場合にはもう一つの隔たり、もう一つの分裂がある。わたしはベンガル語を完全には知らない。読めないし、書くこともできない。なまりがあって自信なさそうに話すので、いつも自分とベンガル語の間にずれを感じる。だから、矛盾するようだが、わたしの母語は外国語でもあると考えている。

イタリア語の場合、亡命には違った側面がある。わたしとイタリア語は知り合ってすぐに離ればなれになってしまった。ノスタルジーを感じるなんてばかげたことのように思えるかもしれない。でもわたしは感じる。

自分のものでない言語から引き離されたと感じることが、どうしてできるのだろう？　知らない言語から？　たぶん、それはわたしがどの言語にも完全には属さない作家だからだろう。

本を買う。タイトルは『あなた自身にイタリア語を教える』。希望と可能性に満ちた励ましのタイトルだ。一人で習うことが可能だとでもいうかのような。

わたしは何年もラテン語を勉強していたから、この教本の初めの何章かはかなり簡単だと感じる。いくつかの動詞の活用は記憶できるし、練習問題もできる。でも、沈黙と独学の孤立状態が気に入らない。よそよそしく、まちがっているように思える。一度も弾かずに楽器の弾き方を勉強するかのようだ。

十七世紀イギリスの劇作家にもたらされたイタリア建築の影響について、大学の博士論文を書くことにする。何人もの劇作家たちが、英語で書かれた悲劇の舞台として、イタリアの邸宅を選んだ理由を探る。論文では言語と環境のもう一つの分裂について述べるだろう。このテーマは、イタリア語を勉強するもう一つの動機をわたしに与えてくれる。

初級コースに通う。最初の先生はボストンに住んでいるミラノ出身の女性だ。宿題をやり、試験で合格点をとる。だが、勉強を始めて二年後、モラヴィアの『二人の女』を読もうとすると、ほんの少ししか理解できない。ほとんどのページのほとんどすべての単語に下線を引く。ひっきりなしに辞書で調べなければならない。

フィレンツェ旅行から七年後、二〇〇〇年の春にヴェネツィアへ行く。辞書のほかに一冊の手帳を持っていき、その最後のページに、役に立つかもしれないフレーズをメモする。Saprebbe dirmi?（教えていただけますか?）、Dove si trova?（どこにありますか?）、Come si fa per andare?（どう行けばいいですか?）。buono（いい）とbello（きれい）の違いを頭に入れる。準備は整ったと感じる。実際にヴェネツィアでは、道をたずねること、ホテルでモーニング・コールを頼むことは何とかできる。レストランで注文したり、店員と少しだけ言葉を交わしたりすることもできる。それ以上はだめだ。イタリアに戻ってきたというのに、イタリア語からはまだ遠ざけられていると感じる。

数か月後、マントヴァの文芸フェスティヴァルへの招待状を受け取る。そこで、わたしを最初にイタリアに紹介してくれた出版社の人たちと会う。そのうちの一人の女性はわたしの作品の翻訳者でもある。出版社はマルコス・イ・マルコスというスペイン語の名前だ。彼らはイタリア人で、マルコとクラウディアという。

インタビューやプレゼンテーションをすべて英語でやらなければならない。いつも横に通訳がいる。イタリア語の話はだいたいわかるが、英語なしで自分の考えを言い表したり説明したりすることはできない。力のなさを感じる。アメリカの教室で習ったことだけでは十分ではない。わたしの理解力はあまりにも乏しく、ここイタリアでは役に立たない。イタリア語はいまだに閉ざされた扉のようだ。わたしは入口にいて、中は見えるのだけれど、扉は開かない。

マルコとクラウディアが鍵をくれる。イタリア語を少し勉強していて、もっと上達したいと思っていることを話すと、二人はわたしと英語で話すのをやめる。わたしはとても簡単な返事しかできないのにもかかわらず、彼らの言語に切り替える。わたしはまちがえてばかりいて、二人の言うことが完全には理解できないのだけれど。二人はわたしがイタリア語を話すよりずっと上手に英語を話すのだけれど。

二人はわたしのまちがいを大目に見てくれる。訂正して励まし、知らない言葉を教えてくれる。はっきりと辛抱強く話してくれる。両親が子供たちに話すように。母語を習うときのようだ。わたしは英語をこのようなやり方で覚えたのではなかったことに気づく。

わたしの最初の作品をイタリア語に訳して出版してくれ、作家として最初にイタリアに招いてくれたクラウディアとマルコは、わたしにこのような転換点をプレゼントしてくれた。二人のおかげで、マントヴァでわたしはようやくイタリア語の中にいると感じる。一つの言語を覚え、それと結ばれていると感じるためには、どんなに幼稚でも不完全でもいいから、とにかく会話をする必要があるのだから。

会話

アメリカに戻り、イタリア語を話しつづけたいと思う。でも、誰と？　ニューヨークでイタリア語が完全にわかる人を何人か知っている。その人たちと話すのは恥ずかしい。うまく言えなかったりまちがえたりしてもかまわない人が必要だ。

ある日、ストレーガ賞を受賞した有名なローマ出身の女流作家にインタビューするため、ニューヨーク大学イタリア研究所へ行く。会場はあふれんばかりの人で、わたしを除いてみんな非の打ち所のないイタリア語を話す。

所長が迎えてくれる。イタリア語でインタビューをしたいと思っていたこと、イタリア語は何年も前に勉強したけれどもうまく話すことはできないことを告げる。

「わたしは実践する必要です」と彼に言う。

「あなたは実践の必要があります」と親切に答えてくれる。

二〇〇四年に夫がある物をくれる。わたしたちが住んでいるブルックリン地区の通りで偶然見かけた広告の切れ端だ。そこにはこう書いてある。「イタリア語を習う」。一つのシグナルだと思う。書かれている番号に電話して、面会の約束を取りつける。ミラノ出身のエネルギッシュで感じのいい女性が家に来る。私立学校で子供たちに教えていて、郊外に住んでいる。どうしてイタリア語を習おうと思うのか、とたずねられる。

別の文芸フェスティヴァルに参加するため、夏にローマへ行くのだと説明する。筋の通った理由のように思う。イタリア語はわたしの情熱で、よく知りたいという希望、というより夢を抱いていることは言わない。自分の生活と無関係なこの言語とのつながりを保つ手立てを探していることは知らせない。わたしが悩んでいること、満たされない感じがしていることも。イタリア語がいくらがんばっても書き上げることができない本であるかのように。

一週間に一度小一時間会うことになる。わたしは十一月に生まれる娘を妊娠している。少しおしゃべりをしてみる。毎回の授業の終わりに、彼女は会話の中でわたしが使えなかった単語の長いリストをくれる。それを根気よく復習する。ファイルに入れる。覚えられない。

ローマのフェスティヴァルでは、三つか四つ、うまくいけば五つのフレーズの会話を交わすことができる。そこで止まってしまう。それ以上は無理だ。テニスの試合中のショットや泳ぎを習うときのストロークを数えるようにフレーズを数える。

泳ぎ渡りたい湖のメタファーに戻ろう。いまわたしは膝か腰の深さまで水の中を歩いて行くことができる。だが、まだ足は底につけていなければだめだ。まさにわたしは泳げない人がするのと同じことを強いられている。

会話をしているのにもかかわらず、イタリア語は相変わらずとらえどころがなく、曖昧なエレメントのままだ。先生がいるときにしか姿を現さない。彼女はイタリア語を一時間わたしの家にとどまらせ、また連れ帰ってしまう。形があって手でつかめるように思えるのは、彼女といっしょのときだけだ。

娘が生まれ、また四年が過ぎる。わたしはもう一冊本を書き終える。二〇〇八年に出版されると、作品プロモーションのために再びイタリアに招待される。それに備えて新しい先生を見つける。ベルガモ出身の、やる気に満ちて気配りのある若い女性だ。彼女も週に一度わたしのところへ来てくれる。ソファにならんですわって話をする。わたしたちは仲良しになる。わたしの理解力は散発的に向上する。先生はわたしをとても励ましてくれ、イタリア語を上手に話すからイタリアでもうまくやれる、と言ってくれる。でもそれは違う。ミラノへ行き、きちんと流暢に話そうとすると、いつもまちがいに気がついて思うように話せなくなり、まごついてしまう。そしていままで以上に落ち込んでしまう。

二〇〇九年に三人目の家庭教師と勉強をはじめる。三十年以上前にブルックリンに移住し、子供たちをアメリカで育てたヴェネツィア婦人だ。未亡人で、ヴェラッツァーノ橋近くの藤棚に囲まれた家に、いつも足下を離れないおとなしい犬と暮らしている。わたしの家からは一時間近くかかる。ブルックリンとの境の、終点に近い駅まで地下鉄に乗る。

わたしはこの旅が好きだ。家を出て、普段の生活から離れる。執筆のことは考えない。何時間か、知っているほかの言語は忘れる。毎回ちょっとした脱出のようだ。肝心なのはイタリア語だけ、という場所がわたしを待っている。そこは新しい現実が解放される避難所だ。

わたしは先生がとても好きだ。四年間敬称で呼び合っているが、親しく打ち解けた間柄だ。キッチンの小さな机の、木のベンチに腰かける。本棚にならぶ彼女の本と孫たちの写真が見える。壁には真鍮のみごとな鍋がいくつも掛かっている。仮定法、間接話法、受動態の使い方など、彼女の家でもう一度最初からやり直す。彼女のおかげで、わたしの計画は不可能というより可能に思えてくる。彼女のおかげで、わたしのイタリア語への奇妙な献身は、ばかげたことではなく、天の思し召しと思えるようになる。

自分たちの暮らしや世界情勢のことを話す。退屈だけれども必要な大量の練習問題をやる。先生は絶えずまちがいを直してくれる。話を聞きながら、わたしは手帳にメモする。授業が終わるとぐったりと疲れるが、もう次回が楽しみになる。挨拶をして、格子戸を閉めて外に出ると、もう戻ってくるのが待ち遠しくてたまらない。

いつの間にか、ヴェネツィア人の先生との授業は、わたしのいちばん好きな用事になっている。彼女と勉強しているうちに、わたしのこの常軌を逸した言葉の旅の、避けられない次の一歩がはっきりする。あるとき、わたしはイタリアへ転居する決意を固める。

放棄

ローマを選ぶ。子供のころからわたしを魅了し、すぐに虜(とりこ)にしてしまった町だ。二〇〇三年に初めて訪れたときに心を奪われ、相性がいいと感じた。前から知っている町のような気がした。二、三日過ごしただけで、自分はここに住む運命なのだとわかった。

わたしはローマにまだ友人はいない。でも、誰かに会いに行くのではない。生き方を変えるため、イタリア語と結びつくために行くのだ。ローマでイタリア語は毎日、片時も離れずにわたしにつき合ってくれるはずだ。いつもそこにいて、大切な存在でいてくれるだろう。ときどき入れてはまた切って、というスイッチのような存在ではなくなるだろう。

出発の六か月前、準備として英語の本を読まない決心をする。これからはイタリア語の本だけを読むことにする。第一の言語から離れるのは正しいことのように思う。それを一つの正式な放棄と考える。わたしはローマで言葉の巡礼者になろうとしている。何か親密で必要不可欠なものを捨てることは必要だと思う。

突然、わたしの本はすべて役に立たなくなる。どうでもいい物のように見える。わたしの創作生活の錨がなくなり、わたしを導いていた星が消える。目の前に見えるのは新しい空っぽの部屋だ。

書斎で、地下鉄の中で、寝る前のベッドで、寸暇を惜しんでイタリア語にどっぷり浸る。白く霞んだ未踏の新たな領域に入る。自分の意志で亡命するようなものだ。まだアメリカにいるのに、もう別なところにいるような気がする。読んでいる間、楽しいけれどうろたえているお客のような気がする。くつろいだ読書はもうできない。

モラヴィアの『無関心な人々』と『倦怠』、パヴェーゼの『月とかがり火』を読む。クァジーモドとサバの詩を。理解できているのかいないのか。自分に挑戦するため、解説に頼らないことにする。確信と不安が交錯する。

ていねいにゆっくりと、苦労しながら読む。どのページもうっすらと靄がかかっているように感じる。障害はわたしの意欲をかき立てる。新しい構文がどれも奇跡のように、知らない言葉がどれも宝石のように感じられる。

チェックして覚えるべき単語のリストを作る。imbambolato（呆然とした）、sbilenco（不格好な）、

incrinatura《インクリナトゥーラ》（ひび割れ）、capezzale《カペッツァーレ》（枕元）、sgangherato《ズガンゲラート》（ぐらぐらした）、scorbutico《スコルブーティコ》（気難しい）、barcollare《バルコッラーレ》（よろめく）、bisticciare《ビスティッチャーレ》（言い争う）。一冊読み終えると感動する。大仕事を成し遂げた気分だ。とても骨は折れるが、大きな満足が味わえる、奇跡的といえるような作業だ。わたしに読みこなす能力があるとはとても言えない。子供のころのように本を読む。大人として、作家として、こうして読書の喜びを再発見する。

この時期、わたしは二つに分裂しているように感じる。わたしがものを書くのは読むことへの反応、返答以外の何物でもない。要するに一種の対話なのだ。この二つはしっかりと結びついていて、相互依存の関係にある。

ところが、いまはある一つの言語で書いている一方、読むのはそれとは別の言語ばかりだ。小説を仕上げているところなので、文章に専念しないわけにはいかない。英語を放棄するのは不可能だ。それなのに、わたしのいちばん得意な言語はもうわたしから離れてしまったような気がする。

二つの顔を持つヤヌスのことが頭に浮かぶ。過去と未来を同時に見る二つの顔。古代の入口の神、始まりと終わりの神。時の移り変わりの象徴だ。扉を、門を見守る。町を守護するローマ独自の神だ。この風変わりな姿に、わたしはこれからいたるところで出会うことになる。

辞書を使って読む

普段わたしはイタリア語を読むときに辞書を使わない。知らない単語や印象に残ったフレーズに下線を引くためのペンだけだ。

新しい単語に出会うとき、それは決断のときだ。すぐ単語を覚えるためにちょっと止まってもいいし、メモしておいて先に進んだり、無視したりすることもできる。毎日道で見かける人たちのうち何人かの顔のように、いくつかの単語は何らかの理由で目立って印象を残す。ほかの単語は背景に紛れたままで注意を引かない。

本を読み終えると、単語をしっかりチェックするために本文に戻る。本、手帳、数冊の辞書、ペンが散乱するソファに腰を下ろす。熱中し、かつリラックスしてするこの仕事は時間がかかる。本の余白に単語の意味は書かない。手帳に一覧表を作る。前は意味を英語で書いていた。いままではイタリア語だ。こうして自分専用の辞書、読書の進路をたどる自分だけの単語帳を作りあげる。ときどき手帳のページをめくって単語を復習する。

こういう読書の方が英語の読書よりも親密で濃密だと思う。それはまさにわたしと新しい言語が知り合って間もないからだ。わたしたちは同じ場所、同じ家族の生まれではない。隣同士で育ったのではない。わたしの血の中にも骨の中にもこの言語はない。イタリア語に対して、わたしは魅せられていると同時に怯えてもいる。謎のままで、愛されていても素知らぬ顔だ。わたしの感動を前にして、何の反応も示さない。

知らない単語は、この世界にわたしの知らないことがたくさんあることを思い出させてくれる。ときには一つの単語が奇妙な反応を引き起こすこともある。たとえば、ある日わたしはclaustrale（クラウストラーレ）（修道院の）という単語を見つける。意味をあて推量することはできるが、確信を持ちたい。わたしは電車に乗っている。ポケット版辞書を引く。その単語は載っていない。急にわたしはこの単語に魅惑され、頭から離れなくなる。すぐによく知りたいと思う。わかるまでは何となく落ち着かない気がする。ばかげた話だが、この単語の意味を知ることでわたしの人生は変わるだろうと確信する。

人生を変えることができるものは、常に自分以外のところにあると思う。

いつか将来、辞書も手帳もペンも必要なくなる日が来ることを夢見るべきなのだろうか？　英語を読むように、イタリア語がこのような道具なしに読めるようになる日を？　こういったことすべてが目標ではないのだろうか？

ないと思う。わたしはイタリア語の読者としての経験は乏しいけれど、より積極的で情熱的な読者だ。わたしは努力が好きだ。制限があった方がいい。無知なことが何かの役に立つことはわかっている。

制限はあるにしても、地平線が果てしないことは実感している。ほかの言語で読むのは成長、可能性の状態が永遠につづくことを意味する。見習いとしてのわたしの仕事は決して終わらないだろう。

人は誰かに恋をすると、永遠に生きたいと思う。自分の味わう感動や歓喜が長続きすることを切望する。イタリア語で読んでいるとき、わたしには同じような思いがわき起こる。わたしは死にたくない。死ぬことは言葉の発見の終わりを意味するわけだから。毎日覚えるべき新しい単語があるだろうから。このように、ほんとうの愛は永遠の象徴となり得るのだ。

読んでいると、毎日新しい言葉がいくつも見つかる。下線を引いて、手帳に書き写さなければいけない何かが。雑草をむしる庭師が頭に浮かぶ。庭師の仕事と同じく、わたしのしていることは、要するに無茶な仕事なのだと思う。成功する見込みはない。シーシュポスの徒労のようなものだと言ってもいいだろう。庭師にとって、自然を完全に管理することは不可能だ。同じように、わたしがどんなに望んでも、イタリア語の言葉をすべて知ることなど不可能なのだ。

だが、わたしと庭師には一つ根本的な違いがある。庭師にとって雑草は望んでいるものではない。根こそぎにして捨ててしまうべきものだ。反対にわたしは言葉を拾い集める。手に持って自分のものにしたいと思う。

自分を表現する別の言い回しを見つけると、エクスタシーのようなものを感じる。知らない言葉は目もくらむような実りの多い深淵を象徴している。その深淵にはわたしが見逃しているすべてのもの、すべての可能性が含まれている。

言葉の採集

わたしは絶えず言葉を追い求めている。

そのプロセスはこのように説明できるだろう。毎日わたしは籠を持って森へ行く。木の上、茂みの中、地面（実際は道路上、会話の最中、読書中）など、周りのいたるところで言葉が見つかる。それをできるだけたくさん拾い集める。だがそれでも足りない。わたしの食欲は飽くことを知らない。

何だかよくわからないもの（sciagura（惨事）、spigliatezza（率直さ））も、簡単にわかるけれどもっとよく知りたいもの（inviperito（激怒した）、stralunato（動転した））も拾い集める。英語に同義語のない美しい単語（formicolare（うようよ群がる）、chiarore（薄明かり））も集める。いろいろな状況を描写するため、大量の形容詞（malmesso（みすぼらしい）、plumbeo（鉛の）、impiastricciato

（塗りたくられた）も集める。絶対に役に立たない無数の名詞と副詞も集める。

一日の終わりには籠は重く、あふれるばかりになっている。わたしは満ち足りて豊かになり、生き生きしていると感じる。集めた単語はお金より貴重に思える。まるで黄金の山、大量の宝石を発見する物乞いのような気分になる。

けれども、森を出て籠を見ると、ほんの一握りの単語しか残っていない。大部分は消えてしまう。空気中に蒸発し、水のように指の間からこぼれ落ちてしまう。籠は記憶以外の何物でもなく、記憶はわたしを裏切り、長続きしないからだ。

集める単語一つひとつとの縁を感じる。一種の責任感と同時に情愛を覚える。記憶できないと、その単語を見捨ててしまったのではと気にかかる。

人がすばらしい夢を見た翌朝感じるように、空虚で打ちのめされた気分になる。森は楽園、幻影のようだ。そしてわたしは目を覚ます。

がっかりはするが、やる気をなくしはしない。それどころか、決意がさらに高まるのを感じる。翌日また森へ行く。計画が時間のむだ遣いだとは思わない。大事なのは拾い集める行為であって、結果ではないことはわかっている。

それでも、たくさんの単語を手帳に寄せ集めるだけでは十分とはいえないし、満足もできない。わたしはそれを使いたい。必要なときに利用したい。集めた単語とつながりを持ちたい。単語がわたしの一部になってほしいと思う。

単語を覚え、記憶するために復習する。誰かと話しているとき、その単語のことを考える。手帳に手書きしてあることはわかっている。もしわたしが天才だったら、全部覚えていて、ずっと正確にすらすらと話せるだろう。だが、使いたいときには、その単語は逃げてしまって捕まえられない。ページの上にはあるのだが、わたしの頭に入っていないから、口から出てこない。手帳に埋もれたままで役に立ってくれない。覚えているのは書きとめたという事実だけだ。

手帳を読み直しているうちに、何度も書かなければならず、わたしの記憶に逆らっている単語があることに気がつく。簡単だけれども頑固な単語で fruscio（衣擦れの音）、schianto（大音響）、arguto（機知に富んだ）、broncio（仏頂面）、たぶんわたしとは一切関わりたくないのだろう。

手帳の中の単語はどれも肉体的、組織的な成長の印だ。子供たちが生まれたばかりで、毎週小児科に通って体重をチェックしていた数週間のことが頭に浮かぶ。一グラムまで細かく記録され、評価された。その一グラム一グラムが彼らがこの世に生き、存在していることの具体的な証だった。わたしのイタリア語の理解も同じように増している。わたしの語彙は一日一日、単語一つずつ豊かになっている。

とはいえ、わたしの語彙の成長には脈絡がなく、あちこち飛び跳ねたり消えてしまったりする。単語は姿を現し、しばらくわたしに従い、そして多くの場合、何の予告もなしに、わたしを見捨てる。

手帳にはわたしのイタリア語へのすべての熱狂、すべての努力が収められている。その空間でわたしはさまよったり、学んだり、忘れたり、まちがえたりすることができる。希望を抱くことができる。

日記

フェッラゴスト（聖母被昇天の祝日）の数日前、わたしは家族とともにローマに着く。一斉にヴァカンスに繰り出すこの習慣のことを、わたしたちは知らない。大部分の住民が姿を消し、ほとんど町全体が停止しているこの時期に、わたしたちは人生の新しい第一歩を踏み出そうとしている。

ジュリア通りのアパートを借りる。とてもエレガントな通りで、八月半ばには人通りが絶えている。我慢できないほどの猛烈な暑さだ。買い物に出ても、ほんの少し歩いては、一息つくための日陰を探す。

二日目の晩、土曜日のことだが、家に帰るとドアが開かない。それまでは問題なく開いたのに。何回やってみても鍵穴の中で鍵が回らない。

建物にはわたしたちのほか誰もいない。わたしたちには身分証明書もなければ、使える電話もまだ持っていない。ローマには友人も知人もいない。建物の向かいのホテルに助けを求めるが、そこの二人の従業員もドアを開けることができない。わたしたちのアパートのオーナーはカラブリアでヴァカンス中だ。子供たちはショックと空腹で、泣きながらすぐアメリカへ帰りたいと言う。

ようやく専門家が来て、ほんの二、三分でドアを開けてくれる。わたしたちはその仕事に、領収書なしで、二百ユーロ以上払う。

このトラウマは火の試練、洗礼のようなものに思える。しかし些細だが煩わしい障害がほかにもたくさんある。分別ゴミをどこへ持っていけばいいのか、交通機関の定期券をどう買うのか、どこにバスが止まるのかわからない。すべてゼロから覚えなければならない。もし三人のローマ人にたずねたとしたら、三人とも違う返事をするだろう。わたしは混乱し、ときには押しつぶされたような気分になる。ローマに住むことに大感激してはいるものの、あらゆることが不可能で、判読不能で、不可解に思われる。

到着から一週間後、あの忘れがたい土曜日の晩の次の土曜日、わたしたちの災難を記録するため、日記帳を開く。その土曜日、わたしはとても奇妙な、自分でも意外なことをする。イタリア語で日記を書くのだ。ほとんど無意識に、自発的にそうする。ペンを手に取るとき、脳裏に英語がもう浮かばないからだ。すべてがわたしを混乱させ、動揺させているこの時期に、書く言語を変える。わたしに試練を与えるすべてのことを、いちばん骨の折れるやり方で記録しはじめる。とてもひどく、まちがいだらけで、恥ずかしくなるようなイタリア語で書く。チェックもせず、辞書も引かず、ただ本能のおもむくままに。子供のように、ほとんど読み書きのできない人のように、やみくもに進んでいく。こんな風に書くのは恥ずかしい。突然湧き上がるこの不思議な衝動は理解できない。でもやめられない。

まるで、うまく使えない左手、書いてはいけない手で書いているようだ。規則違反、反逆、ばかげた行為のように思える。

ローマに来て最初の数か月間、イタリア語の秘密の日記は、わたしを慰め、落ち着かせてくれるただ一つのものだ。眠れなくて不安な夜更け、わたしはよく机に向かってイタリア語でいくつか短い文を書く。それは絶対に内緒のプロジェクトだ。誰も怪しまず、誰も知らない。

この日記の中で、この新しい不正確な言語で書いている人が誰なのか、わたしには認識できない。でも、それがわたしの最も純粋で傷つきやすい部分だということはわかっている。

ローマへ引っ越す前、わたしはめったにイタリア語では書かなかった。マドリッドに住んでいるイタリア人の女友だちに何通か手紙を書こうとしたり、わたしの先生にメールを送ろうとしたことはある。それは形式的なうわべだけの練習だった。わたしの声のようではなかった。アメリカでイタリア語はわたしの声ではなかった。

　ところがローマでは、イタリア語で書くことが自分はここにいると感じさせてくれる——ことによると、特に作家としてこの国とほんとうのつながりを持つ——ただ一つの方法のように思える。どんなに不完全でも、どんなにまちがいだらけであっても、新しい日記はわたしの狼狽をはっきりと表している。急激な変化、当惑しきった状態を映し出している。

　イタリアへ来る前の数か月間、わたしは執筆のための別の方向を探していた。新たなアプローチをしたいと思っていた。アメリカで長い間少しずつ勉強していた言語が、最後にそれを示してくれるとは思っていなかった。

　ノートを一冊書き尽くし、別のに書きはじめる。二つめのメタファーが頭に浮かぶ。まるで軽装備で登山するようだ。文学的なサバイバルのようなものだ。自分を表現する言葉をたくさん持っていない、などというどころではない。何もかも奪われた状態なのだと思う。にもかかわらず、同時に自由で気楽だと感じる。自分がものを書く理由が、必要性だけでなく、喜びでもあることを再発見する。子供のころから感じていた楽しみを取り戻す。それは誰も読まない言葉を手帳に書き連ねることだ。

　イタリア語では、文体のない幼稚な言い回しで書く。いつも迷っている。わたしにあるのは意志と、わかってもらえる、自分自身が理解できる、という盲目的だが心からの信頼だけだ。

物語

日記はイタリア語で書く訓練になるし、習慣にもなる。でも、日記だけを書いているのは、家に閉じこもって自分自身と話をしているのと同じことだ。そこで表現しているのは私的で内輪な話にすぎない。どこかで、危険ではあるけれど、そこから外へ出たいと思う。

ごく短い、だいたい一ページ以内の小品を、手書きで書きはじめる。ある人、時間、場所とかいった、何か具体的なものに焦点を合わせようとする。クリエイティブ・ライティングを教えるときに学生たちに求めるのと同じことをする。わたしは、このような断片は物語を作り出す前にしなければならない最初の一段階だ、と彼らに説明している。作家は存在しない世界を想像する前に、現実の世界を観察しなければならないと思う。

わたしのイタリア語の小品はまったく取るに足らないものだ。それでも、完成させようとがんばる。最初の作品をローマの新しいイタリア語の先生に渡す。彼がそれを返してくれたとき、屈辱的な気分になる。まちがいばかり、問題ばかりが目につく。壊滅的だ。ほとんどすべての文を直さなければいけない。赤ペンで最初の草稿を添削する。授業の終わりには、ページは黒いインクと同じぐらい赤いインクで埋められている。

作家として、わたしはこれほど骨の折れる仕事をしようとしたことがない。わたしの計画はほとんどサディスティックといえるほど難しいものだと思う。まるでこれまでに一度ものを書いたことがないかのように、最初からやり直さなければいけない。だが、正確にいえば、わたしは出発点に立っているのではない。何も参考にするものがない別の次元に、無防備で立っているのだ。自分がこれほど愚かだとは感じたことのないようなところに。

もうかなり上手にイタリア語がしゃべれるようになってはいるが、話し言葉は助けにならない。会話は一種の共同作業を伴うもので、多くの場合、そこには許しの行為が含まれる。話すとき、わたしはまちがえるかもしれないが、何とか相手に自分の考えを伝えることができる。ページの上ではわたしは一人ぼっちだ。より厳格で、捉えることが難しい独自の論理を持つ書き言葉に比べれば、話し言葉は控えの間のようなものだ。

屈辱を味わいはしたが、わたしは書きつづける。次の授業のために何か違うものを準備する。多くのまちがいや粗さの下に貴重なものが埋もれているのだから。それは磨かれてはいないが生き生きとした新しい声で、改良し、掘り下げる必要がある。

ある日、わたしは図書館にいる。そこではあまりくつろいだ気分になれず、普段は仕事がはかどらない。そこで何の変哲もない机に向かっているとき、一つの物語がまるごとイタリア語で頭に浮かぶ。電光石火のように。頭の中で文章が聞こえる。どこから来るのかも、どうして聞くことができるのかもわからない。書きとめる前に全部消えてしまうのではないかと心配になり、大急ぎでノートに書きつける。穏やかにすべて解きほどかれる。辞書は使わない。物語の初めの半分を書くのに二時間ぐらいかかる。翌日同じ図書館に戻り、また二時間で完成させる。

何かが砕け、そして同時に何かが生まれたことに気づく。そのことに啞然とする。

このようなやり方で物語を書いたことはこれまでに一度もない。英語では自分が書くことについて熟考できるし、一つ文を書いて中断し、正しい言葉を探したり、構成し直したり、何度でも考えを変えたりすることができる。わたしが英語を理解していることは利点でもあり、障害でもある。満足するまで、わたしは狂ったように全部書き直す。ところがイタリア語では、砂漠の兵士のように、ただ前に進まなければならない。

物語を書き終え、原稿をコンピュータで打つ。イタリア語の画面で仕事をするのは初めてだ。指はこわばっている。キーボード上でどう動けばいいのかわかっていない。

訂正したり書き直したりしなければならないところがたくさんあるだろうと思う。

作家としてのわたしの人生は変わってしまうだろうと思う。

物語のタイトルは「取り違え」という。

何が書いてあるのか？　主人公は偏屈な女性翻訳家で、変化を求めてある町に引っ越す。一人で、黒いセーター一枚のほか、ほとんど何も持たずに、その町へやってくる。

物語をどう解釈すればいいのか、どう考えればいいのかわからない。物語の体をなしているのかどうかもわからない。わたしにはそれを判断するための批評能力が欠けている。わたしから生まれたものなのに、完全にわたしのものとは思えない。一つだけ確かなことがある。英語では絶対に書かなかっただろうということだ。

わたしは自分の書いたものを分析することが大嫌いだ。けれども、数か月後のある朝、ドリア・パンフィーリ公園を走っているとき、突然このおかしな物語の意味が頭にひらめく。セーターは言語の象徴なのだ。

取り違え

別の人間になりたいと願う翻訳家の女がいた。はっきりした理由があってのことではない。ずっとそうだったのだ。

彼女には友だちも、家族も、アパートも、仕事もあった。お金には不自由しなかったし、健康にも恵まれていた。要するに幸福な人生で、そのことに感謝していた。ただ一つの悩み、それこそが彼女とほかの人たちとの違いだった。

自分が持っているもののことを考えると、軽い嫌悪を覚えた。所有している品物すべてが自分の存在の証となるからだ。過去の人生のどんなことでも、思い出すたびに、別のヴァージョンだったらもっとよかったはずだ、と思うのだった。

本の第一稿のように、自分を不完全だと思っていた。文章を一つの言語から別の言語に翻訳することができるのと同じように、自分自身のもう一つのヴァージョンを産み出したかった。きれいな洋服の裾の、ハサミで始末しなければならない糸のように、自分の存在をこの世から消し去りたいという衝動に駆られることもあった。

とはいえ自殺したくはなかった。世界を、それに人々をあまりにも愛していた。午後遅く、自分を取り巻くものを観察しながら、長い散歩をすることを愛していた。海の緑、黄昏の光、砂の上に散らばる小石を愛していた。秋の赤い梨の香り、雲間で輝く冬の重たげな満月を愛していた。ベッドのぬくもり、一気に読んでしまう良質の本を愛していた。これらを味わうためなら、永遠に生きていてもよかった。

このように感じるわけをもっとよく知りたいと思った彼女は、ある日、自分の存在の印を消し去ることにした。そして、小さい旅行カバンを除いて、全部捨てるかあげるかしてしまった。耐えられないことに真正面から向き合うため、修道士のように独りぼっちで生活したかった。友人たち、家族、彼女を愛する男には、少しの間よそへ行かなければならなくなったと言った。

知人が一人もなく、言葉もわからず、暑すぎることも寒すぎることもない町を選んだ。持っていったのはどれも黒色の、できるだけシンプルな衣類だった。ワンピースが一着、靴が一足、軽くて柔らかく、小さい五つボタンのついたウールのセーターが一枚。

着いたのは季節の変わり目だった。日向は暖かく、日陰は寒かった。ワンルームのアパートを借りた。何時間も足任せに無言で歩いた。小さくて感じのいい町だったが、個性がなく、観光客はいなかった。物音に耳を澄まし、人々を観察した。急ぎ足で仕事に行く人もいれば、彼女のようにベンチに腰かけ、本や携帯電話を手に日向ぼっこをする人もいた。お腹が空けばベンチで何かを食べた。疲れると、映画を見に映画館へ行った。

だんだん日が短くなり、日差しが弱くなった。木々は葉を落とし、色を失っていった。翻訳家の女の心は空っぽになった。自分が軽くなり、個性をなくしたように感じはじめた。どれもそっくり同じ落ち葉の一枚になっている自分を想像した。

夜はよく眠った。朝は何の不安もなく目覚めた。将来のこともこれまでの人生のことも考えなかった。影のない人間のように、時空にぶら下がっていた。それでも生きていて、かつてないほど生き生きしていると感じていた。

雨と風で荒れ模様のある日、彼女は石造りの建物の軒下で雨宿りをした。土砂降りの雨だった。傘はなかったし、帽子もかぶっていなかった。雨は絶え間ない音を立てて歩道に打ちつけていた。いつも雲から降ってきて、地面に染みこんで河を満たし、最後に海にいたる雨水の旅のことを思った。

道路のいたるところに水たまりができ、正面にある建物の壁一面には、字の読み取れなくなった広告が張られていた。さまざまな女たちが門を出入りしていることに翻訳家の女は気がついた。

女たちは一人または小さなグループで断続的にやってきて、呼び鈴を押し、それから中に入っていった。興味を持った彼女は女たちのあとを追うことにした。

門を入ると、あたかも天井のない部屋に雨が降ったかのように水の溜まった中庭があり、そこを横切らなければならなかった。彼女は雨に濡れるのもかまわず、ちょっと立ち止まり、空を見上げた。中庭の先には少しがたがたする暗い階段があり、女たちが上り下りしていた。

踊り場には、痩せて背が高く、顔にはしわがあるものの、まだ美しい女がいた。明るい色の短い髪に、黒い服を着ていた。服はふわっとした形のシースルーで、透きとおった長い袖が二本の翼のようだった。この女が腕を大きく広げてほかの女たちを迎えていた。

どうぞいらっしゃい。すばらしいお洋服がたくさんありますよ。

アパートに入った翻訳家の女は、ほかの女たちがしていたように、廊下の長いテーブルの上にバッグを置いた。廊下の先には広い客間があった。壁沿いのハンガーラックに、黒い服がぎっしりならんでいた。

服は気をつけの姿勢をとった生命のない兵隊のようだった。客間の反対側の壁には、長椅子、明かりの灯ったロウソク、それに真ん中に山盛りのフルーツとチーズと濃厚なチョコレート・ケーキの置かれたテーブルがあった。部屋の隅には背の高い三面鏡があり、いろいろな角度から自分の姿を見ることができた。

ここにある黒い服をデザインしたアパートの女主人が長椅子に腰掛け、タバコを吸いながらおしゃべりをしていた。その土地の言葉を完璧に話していたが、軽い訛りがあった。翻訳家の女と同じく、彼女も外国人だった。

ようこそ。どうぞ召し上がれ。周りをよくご覧になって、お楽になさってください。

何人かの女たちはすでに服を脱ぎ、ほかの人たちの意見を求めながら試着をはじめていた。ひっきりなしに入れ替わる腕と脚と腰の品評会だった。女たちはみんな知り合いのようだった。

翻訳家の女はセーターを脱いで下着になった。まるでそれが任務ででもあるかのように、自分のサイズの服を一つひとつ順番に試着していった。パンツ、ジャケット、スカート、ブラウス、スーツがあった。どれも色は黒で、透きとおった柔らかい布地でできていた。

旅行に最適ですよ、と女主人が言った。ゆったりしていて、モダンで、いろいろに着られます。冷たい水で手洗いできます。皺になりません。

ほかの女たちはうなずいていた。もう女主人がデザインした服しか着られない、と口々に言った。この服はプライベートな招待状をもらって彼女の家に行かなければ、絶対に手に入らない。このような秘密で内輪だけの楽しいやり方でしか手に入れられない。

翻訳家の女は鏡の前で自分の姿を細かく観察していた。だが、鏡のうしろの廊下の突きあたりにいる女のことが気になって集中できなかった。その女はほかの女たちとは違っていた。針を口にくわえ、作業台に向かってアイロン掛けをしていた。疲れた目をして、顔は悲しげだった。

　服はどれもエレガントで、できがよかった。よく似合ったが、翻訳家は好きになれなかった。最後の一着を試したところで引き上げることにした。この服を着ると自分ではないような気がした。これ以上服を買って増やしたいとは思わなかった。

　床にも、長椅子や肘掛け椅子の上にも、あちらこちらに黒い水たまりのように服の山ができていた。少し探し回って自分の服を見つけた。だが、黒いセーターが足りなかった。服の山を全部探したが、どうしても見つけることができなかった。

　広間はもうほとんど空っぽだった。翻訳家の女がセーターを探している間に、大部分の女たちは帰ってしまっていた。女主人は最後から二番目の女に領収書を書いていた。残っているのは翻訳家の女だけだった。

　存在に初めて気がついたかのように、女主人が彼女を見た。

「それで、あなた、買うものは何になさいました？」

「何も。セーターが見つからないんです。わたしの」

「色は？」

「黒です」

「あら、それはお気の毒に」

女主人は鏡のうしろにいる女を呼び、床に散らばっている服を集めて元の場所に戻すように頼んだ。

「この方の黒いセーターがないのよ」と言い、「知らない方だけど、どうやってここを見つけたの？」と続けた。

「外にいたんです。ほかの人たちのあとについて来ました。中に何があるのかは知りませんでした」

「洋服はお気に召しませんでした？」

「気に入りましたけど、わたしには必要ないんです」

「どこからいらしたの？」

「ここの人間ではありません」

「わたしもよ。お腹は空いてません？ ワインをいかが？ フルーツは？」

「いいえ、けっこうです」

「失礼します」

女主人のところで働いている女だった。翻訳家の女に衣類を見せた。

「ほら。どこかにまぎれ込んでたのね。あなたのセーターを見つけましたよ」女主人が言った。

翻訳家の女はそれを受け取った。だがすぐに、着てみるまでもなく、このセーターは自分のものではないことがわかった。見たことのない別のセーターだった。自分のセーターよりもざらざらしたウールで、黒の色も浅く、サイズも違っていた。身につけて鏡で見ると、ちがいは明らかだった。

「これはわたしのじゃありません」

「何ですって?」

「似てはいますが、これじゃありません。このセーターは見たことがありません。わたしには合いません」

「でもあなたののはずですよ。メイドが全部整理したんですから。床にも長椅子にも何も残っていません。ほら」

翻訳家の女はほかのセーターを受け取りたくなかった。身震いするほどの嫌悪を感じた。「これはわたしのじゃありません。わたしのはどこかへ消えてしまったんです」

「でも、どうやって?」

「たぶん、ほかの人が気づかずに持っていってしまったんでしょう。取り違えたんでしょう。きょう、これと同じようなセーターを着たお客さんがほかにいたんじゃないですか?」

「覚えてませんね。まあいいでしょう。調べられますから。お待ちになって」

女主人はまた長椅子に腰を下ろし、タバコに火をつけた。それから、つぎつぎに電話をかけはじめた。女たち一人ひとりに何が起きたか説明し、それぞれと二言三言言葉を交わした。

翻訳家の女は待っていた。誰かが自分のセーターを着て帰ってしまい、ここに残っているのはその女のものに違いないと思っていた。

女主人は携帯電話を置いた。「おあいにくさま、あなた。みんなに聞きましたが、きょうわたしのところへいらしたなかに黒いセーターを着た人はいませんでした。あなただけです」

「でも、これはわたしのじゃありません」

自分のではないという確信があった。その一方、おそろしい疑いが少しずつ心に広がっていき、確信をすべて消し去ってしまった。

「来てくださってありがとう。さようなら」女主人が言った。言葉はそれだけだった。

翻訳家の女は、当惑し、虚脱感に襲われた。彼女は自分自身の別のヴァージョンを探し、変身するためにこの町に来た。だがわかったのは、自分のアイデンティティーは油断のならないもので、決して根こそぎにすることのできないルーツであり、自分が閉じこめられている牢獄なのだ、ということだった。

廊下に出て、鏡のうしろのテーブルで女主人のために働いていた女に挨拶しようと思った。だが、女はもういなかった。

打ちのめされて部屋に戻った。まだ雨が降っていたから、あのセーターを着ないわけにはいかなかった。その夜は何も食べず、夢も見ずに眠った。

翌日目を覚ますと、部屋の隅の椅子に黒いセーターが置いてあるのが見えた。いつもの着慣れたセーターにもどっていた。それがずっと自分のものだったということはわかっていた。前日の自分の反応、二人の女の前で演じたちょっとした茶番劇が、まったく理不尽でばかげたものだったこともわかっていた。

それでも、もうこのセーターは前日自分が探したのと同じセーターとは思えなかった。見てももう嫌悪は感じなかった。それどころか、着てみると前より気に入った。なくしたセーターを見つけようとは思わなかったし、なくなって悲しいとも感じなかった。いまでは、それを着るとき、彼女自身も別の人間になっていた。

壊れやすい仮小屋

イタリア語で読むとき、わたしは自分をお客か旅人のように感じる。とはいえ、筋の通った満足できることをしているように思える。

イタリア語で書くとき、わたしは自分を侵入者かペテン師のように感じる。うわべだけの不自然なことをしているように思える。境界を越えてしまい途方に暮れていること、逃亡中だということに気がつく。自分が完全な異邦人なのだということに。

英語を放棄するとき、わたしは自分の威信を放棄する。自信がなく、ふらふらしている。わたしは弱い。

わたしの第一言語であり、それに依存し、それによって作家となった言語から離れ、イタリア語に専念しようとする衝動はどこから来るのだろうか？

著述家になる前、わたしにははっきりした明確なアイデンティティーが欠けていた。達成感が得られたのは執筆を通してだった。だがイタリア語で書くとき、そうは感じない。

作家にとって威信（autorevolezza）なしで書くというのはどういうことなのだろう？　威信がある（autorevole）と感じないで著述家（autrice）と自ら名乗ることができるのだろうか？

イタリア語で書くとき、わたしはより自由であると同時に拘束、強制されていると感じるが、どうしてそんなことがあり得るのだろう？

たぶん、イタリア語で書くとき、わたしには不完全であるという自由があるからだろう。

なぜこの不完全で貧弱な新しい声がわたしを魅了するのだろう？　なぜ窮乏がわたしを満足させるのだろう？　路上同然の、こんなに壊れやすい仮小屋に住むために大邸宅を捨てる、というのはどういうことなのだろう？

たぶん、創造という観点からは、安全ほど危険なものはないからだろう。

自由と制限の間にはどんな関係があるのだろうかと思う。どうして監獄が天国に似ることがあり得るのだろうと思う。

最近見つけたヴェルガの一節が頭に浮かぶ。「もし自由を味わったことがなかったら、そしてこの壁の外にあるすべての喜びに胸が苦しいほどときめいたことがなかったら、世界のあらゆる幸せを享受するためには、この地面の片隅の一かけらの空、花の一鉢だけで十分だったかもしれないのです」

『山雀（やまがら）物語』の主人公で、修道院に閉じ込められていると感じ、田園の光と空気にあこがれる禁域修道院の見習い修道女の言葉だ。

いま、わたしには囲いがあった方がいい。イタリア語で書くとき、その一かけらの空があれば十分だ。

わたしは新しい言語で書きたいという気持ちの源が一種の絶望にあることを承知している。ヴェルガの山雀のように、苦痛にさいなまれていると感じる。彼女のように、何かほかのものにあこがれる。おそらく望んではいけない何かに。だが、書きたいという欲求は、常に希望とともに絶望から生まれるものだと思う。

自分が書く言語を深く知る必要があることはわかっている。わたしがまだ自由自在に使いこなすことができないこともわかっている。わたしのイタリア語の文章は未熟で軽率で、相変わらずいい加減なものだということもわかっている。許しを請いたいと思う。この衝動の源が何なのか説明したいと思う。

なぜわたしは書くのか？　存在の謎を探るため。わたし自身に寛大であるため。わたしの外にあるすべてを近寄せるためだ。

もしわたしの心を打ったり、混乱させたり、苦しめたりすること、要するにわたしを反応させるあらゆることを理解したければ、それを言葉にする必要がある。ものを書くことはわたしにとって、人生を消化し、秩序立てるただ一つの方法なのだ。そうでなければ、わたしは人生にうろたえ、ひどくかき乱されるだろう。

言葉にされず、形を変えず、ある意味では、書くというるつぼで浄化されることなく通り過ぎるものごとは、わたしにとって何の意味も持たない。長続きする言葉だけがわたしには現実ののように思える。それはわたしたちを上回る力と価値を持っている。

わたしは書くことを通してすべてを読み取ろうとするから、わたしにとってイタリア語で書くことは、言語を習得するためのもっとも深く刺激的な方法だ、というだけのことなのだろう。

子供のころから、わたしはわたしの言葉だけに属している。わたしには祖国も特定の文化もない。もし書かなかったら、言葉を使う仕事をしなかったら、地上に存在していると感じられないだろう。

言葉とは何を意味するのだろう？　そして人生とは？　わたしには最終的には同じもののように思える。一つの言葉が多くの側面、陰影を持ち、きわめて複雑なものであり得るように、一人の人間、一つの人生も同じことだ。言語は鏡、重要なメタファーなのだ。結局のところ、一つの言葉の意味は、一人の人間の意味と同様、途方もなく大きく、口では言い表すことができないものなのだから。

不可能なこと

「ヌオーヴィ・アルゴメンティ」誌に掲載された小説家カルロス・フエンテスのインタビューを読んでいて、こんな一節を見つける。「ある種の頂点には決してたどり着けないと知ることはきわめて有益です」

フエンテスが言及しているのは——たとえば天才的な作品『ドン・キホーテ』のような——文学史上不朽の名作のことだ。作家にとってこれらの頂点は二つの重要な役割を持っていると思う。完璧さを目指して進ませ、自分の凡庸さを思い出させることだ。

わたしは作家として、どんな言語であっても、偉大な著者たちの存在を念頭に置かないわけにはいかない。彼らの貢献に比した自分の貢献の実体を受け入れなければならない。セルバンテスやダンテやシェークスピアのようには決して書けないと知りながら、それでもわたしは書く。これらの頂点の存在が引き起こすかもしれない不安を管理しなければならない。それができないなら、あえて書こうとはしないだろう。

イタリア語で書いている現在、フェンテスの言葉がいっそう当を得たものに思える。わたしに霊感を与えてくれると同時に、わたしから空間を奪い去る頂点に到達するのは不可能だと認めなければならない。いま頂点は、わたしより優れたほかの作家の作品ではなく、言語の核心そのものだ。この核心の内部に入り込むことはきっとできないだろうと知りながら、わたしは書くことを通してそこに到達しようと努める。

わたしは流れに逆らっているのだろうか。ほとんどすべてが可能のように思われ、どんな限界も誰も認めようとしない時代にわたしは生きている。わたしたちは一瞬でメッセージを送ることができ、世界の端から端まで一日で行くことができる。隣にいない人をはっきりと見ることができる。テクノロジーのおかげで待ち時間も距離もない。だから、昔に比べて世界は小さくなった、と安心して言うことができる。わたしたちはいつもつながっていて、到達可能だ。テクノロジーは隔たりを否定するが、今日それはさらに顕著になっている。

それでも、わたしのこのイタリア語の計画は、言語と言語の間に膨大な距離があることをはっきりとわからせてくれる。一つの外国語は完全な分離を意味することがある。いまでも、わたしたちの無知の残酷さを象徴することがある。新しい言語で書き、その核心に入り込むためには、どんなテクノロジーも助けにならない。プロセスを加速することも、省略することもできない。動きはゆっくりでぎこちなく、近道はない。隔たりはそのままだ。言語がわかればわかるほど混乱は増す。近づけば近づくほど遠ざかってしまう。いまもわたしとイタリア語の間の隔たりは乗り越えられないままだ。ほんのわずか進むために人生のほとんど半分を費やした。ここまでやってくるためだけに。

この意味では、この一連のエッセイの最初に書いた、小さな湖を泳いで渡るというメタファーはまちがっている。言語は実は小さな湖ではなく、大洋なのだから。おそろしく神秘的な元素、自然の力であり、その前でわたしは頭をたれるしかない。

イタリア語では、わたしは全体を見通すことができない。助けになるはずの距離がない。あるのは妨げとなる距離だけだ。

風景全体を見ることは不可能だ。わたしはどの道をどう通るかを重視する。もういくつか信頼できる通り道があって、もしかするとそれに頼りすぎているのかもしれない。毎日の散歩中に見慣れた木々のように、いくつかの言葉や構文はよくわかる。でも、最後は塹壕にこもって書いている。

いつも国や文化の周縁で生きているのと同じように、わたしは余白に書く。根づいていると感じることはできないが、いまではくつろげる場所となっている周辺のゾーンだ。そこはわたしが何らかの形で属しているただ一つのゾーンだと思う。

わたしはイタリア語の縁を進むことはできるが、その後背地は見過ごしている。秘密の道や隠れた地層は見えない。それは表に出ていないレベル、地下の部分だ。

ティヴォリのハドリアヌス荘には、とてつもなく壮大な地下道路網が整備されている。この通路全体は、荷物や使用人や奴隷たちを運ぶために掘られた。皇帝を民衆から隔離するために。見苦しいが不可欠な体の機能を皮膚がすべて隠すように、別荘内の騒々しい現実の生活を隠すために。

ティヴォリでわたしは自分のイタリア語プロジェクトの本質を理解する。いま別荘を訪れる観光客や、およそ二千年前のハドリアヌス帝と同様、わたしは近づきやすい部分である地面の上を歩いている。だが作家として、骨や髄の中にこそ言語が存在することを知っている。言語の真の生命、本質がそこにあることを。

フエンテスに戻ろう。彼の言うとおりで、創作衝動の中心にあるのは不可能を自覚することだと思う。到達不可能に思えるあらゆるものの前で、わたしは驚嘆する。物事への驚きの感情、驚愕がなくては、何も書くことはできない。

もしすべてが可能だったら、人生に何の意味や楽しさがあるだろうか?

もしわたしとイタリア語の間の距離を埋めることが可能だったら、わたしはこの言語で書くことをやめるだろう。

ヴェネツィア

心の平穏をかき乱す、まるで夢のようなこの町で、わたしは自分のイタリア語との関係を理解するための新しい方法を見つける。細分化され、方向感覚を失わせるこの地形が、新しい鍵を与えてくれる。

それは橋と運河、水と陸地との対話。分離と接続の両方の状態を表現する対話だ。

ヴェネツィアでは、無数の歩道橋を渡らないで行動することはできない。初めのうち、ほとんど二分おきに橋を渡らなければならないことにうんざりする。変則的で、少し骨が折れる町歩きのように思える。でも、すぐに慣れてしまう。だんだんこの町歩きは習慣になり、魅惑的になる。階段を上って運河を渡り、それから向こう岸に下りる。ヴェネツィアに滞在するのは、この動作を数え切れないほど繰り返すことだ。どの橋でも、真ん中にいるとき、わたしはこちら側でもあちら側でもない、宙ぶらりんの状態になる。ほかの言語で書くのはこのような町歩きに似ている。

わたしのイタリア語の文章は、橋と同じく、華奢(きゃしゃ)な構築物だ。いつ崩れ落ちてわたしを危険に陥れるかわからない。英語は足の下を流れている。それは避けようとしても避けることができない存在なのだとわたしは気づいた。ヴェネツィアの水のように、より強くより自然な要素でありつづけ、わたしをいつでも飲み込もうとしている。矛盾しているようだが、英語を使えば何の問題もなく生き延びられるだろう。溺れはしないだろう。それでも、水にはどうしても触れたくないから、わたしは橋になる。

ヴェネツィアで、ほとんどすべての要素が逆さまになっている状態を感じる。実在するものと錯覚、幻に思えるものを見分けるのが難しい。すべてが不安定で移ろいやすく見える。道は堅固ではない。家々は浮かんでいるようだ。霧は建築物を隠してしまう。高潮は広場を水浸しにする。運河は町の実在しない姿を水面に映す。

ヴェネツィアで感じる狼狽は、イタリア語で書くときにわたしを捉える感情に似ている。区域地図があるのに、わたしは道に迷ってしまう。一つの言語が文法を超えるように、ヴェネツィアの迷路は地図を超えている。ヴェネツィアの町を歩くのは、イタリア語で書くのと同じように、驚きに満ちた経験だ。黙って従うしかない。書いていると、袋小路や狭苦しい街角にぶつかることが何度となくあり、そこから自力で抜け出さなければならない。途中で離れなければならない道もある。絶えず修正しなければならない。イタリア語を書いていると、ヴェネツィアにいるときと同じように、息が詰まり、気が動転していると感じる瞬間がある。そこで向きを変えると、予期していないときに限って、人気がなく静かで光あふれる場所に出る。

年とともに、ヴェネツィアのインパクトは強くなり、わたしの混乱はますます大きくなっている。わたしは抗しがたい美しさに心を貫かれ、生命のもろさに圧倒される。常に消える間際にあるような鮮やかな夢に包まれていると感じる。人生よりも本物に思える夢に。橋を何度も渡っていると、わたしたちの誰もがこの世で行っている、誕生から死に至る旅のことが心に浮かぶ。橋を渡りながら、もうあの世に着いたのではないかと思うこともある。

イタリア語で書くとき、この言語を愛しているにもかかわらず、同じ不安を感じる。高いところから飛び降りているような、逆立ちしているような気がする。カナル・グランデの水面で揺れる建物の影のように、わたしのイタリア語の文章には実体がなく、霧のようにかすんでいるように思える。結局のところ、わたしとイタリア語をつなぐ橋は存在しないのではないかと心配になる。あったとしても、それはせいぜい幻想に過ぎないのだろう。

それでも、ヴェネツィアでもページの上でも、橋は新しい次元に進むため、英語を越えるため、別な場所に到達するためのただ一つの道だ。イタリア語で書く一つひとつの文は、構築し、それから渡るべき小さな橋だ。わたしは説明のつかない執拗な衝動の混じったためらいをもって書く。

それぞれの文はそれぞれの橋と同じように、ある場所からほかの場所にわたしを連れていってくれる。それは型破りで魅力的な通路だ。新しいリズムだ。わたしはもうほとんどそれに慣れてきている。

半過去または不完全

イタリア語にはわたしを混乱させつづけている言葉がとてもたくさんある。たとえば、alla parete（壁に）、per terra（地面に）、dal calzolaio（靴屋に）、in edicola（新聞売り場に）のような前置詞。復習するには、ノートに（nel quaderno）、またはメモ帳に（sul taccuino）メモを取ればいい。わたしが持っている外国人学生用のガイドブックには、このような練習問題がたくさん載っている。《Mettiti ... miei panni e prova ... vedere la situazione ... i miei occhi.（わたしの立場に立って、わたしの目で状況を見てみなさい）》うんざりするが、それでもやる。言語を身につけようと思うなら、抜け道はないのだ。なにしろ、わたしにはこの空白がどうしても完全に埋められない。モラヴィアの短篇小説に出てくるこのすばらしい文だけで、前置詞が一度に覚えられたらいいのだが。「わたしたちはようやく、日があたり、雪交じりの肌を刺すような風の舞う広場に出た。ガードレールの向こうには、見えない壮大な風景の光のほか何もなかった」

もう一つの悩みは冠詞の使い方で、いつ使って、いつ使わないのか、はっきりしない。どうして c'è vento（風がある）と言って、c'è il sole（日が出ている）と言うのだろう？ uno stato d'animo（精神状態）と una busta della spesa（買い物袋）、giorni di scirocco（シロッコの日々）と la linea dell'orizzonte（地平線）の違いを理解するために格闘している。わたしは必要のないところに冠詞をつけてまちがえる傾向があるが（「parliamo del cinema（その映画のことを話そう）」、「sono venuta in Italia per cambiare la strada（わたしは生き方を変えるためにイタリアに来た）」など）、ヴィットリーニを読みながら、queste sono fandonie（これは全部たわごとだ）という言い方を覚える。道の広告看板のおかげで il piacere non ha limiti（楽しみにはきりがない）ことを覚える。

ところで、わたしは limite と limitazione（限界と制限）、funzione と funzionamento（機能と働き）、modifica と modificazione（変更と修正）の違いがよくわからない。schiacciare（押しつぶす）と scacciare（追い出す）、spiccare（際立つ）と spicciare（片づける）、fioco（かすかな）と fiocco（蝶結び）、crocchio（おしゃべり仲間）と crocicchio（十字路）のように、よく似ている言葉に悩ませられる。いまでも già（もう）と appena（やっと）を言いまちがえる。

二つのことを比較するとき、迷うことがよくあるので、手帳はこんな文章でいっぱいだ。Di questo romanzo mi piace più la prima parte della seconda.（この小説は前半の方が後半より好きだ）、Parlo l'inglese meglio dell'italiano.（イタリア語より英語を上手に話す）、Preferisco Roma a New York.（ニューヨークよりローマの方がいい）、Piove più a Londra che a Palermo.（パレルモよりロンドンの方が雨が多い）。

外国語を完全に（perfettamente）理解するのが不可能なことはわかっている。わたしがイタリア語の近過去よりも半過去（imperfetto、「不完全な」の意味も）の使い方で困ることが多いのは偶然ではない。かなり単純なことのはずなのだけれど、どういうわけか、わたしにはそうではない。二つのうち一つを選ばなければいけないとき、どちらが正しいかわからない。目の前に分かれ道が見えて歩みを緩める。動きが取れなくなりそうだと感じる。迷いが広がり、パニックになる。直感的に違いが理解できない。まるで一時的な近眼になってしまったように。

　ローマで毎日イタリア語を話すようになって初めて、この問題を自覚する。友だちの話を聞いたり、イタリア語の先生に何か話したりしていて、混同に気づく。c'era scritto（書いてあった）と言うところを、わたしは c'è stato scritto と言い、è stato difficile（難しかった）と言うところを era difficile と言っている。わたしが特に混同してしまうのは、基本的な動詞 essere（〜である）の二つの過去形 era と è stato だ。ローマでほとんど一年の間、この混同が悩みの種となる。

　そんなわたしを助けるために先生は、中心的な行為に対する背景、絵に対する額、曲線ではなく直線、事実ではなく状況など、いくつかのイメージを示してくれる。

la chiave era sul tavolo（鍵は机の上にあった）という言い方をする。この場合は曲線であり、ある状況だ。けれども、わたしには一つの事実、鍵は机の上だという事実でもあるように思える。siamo stati bene《シアーモ・スターティ・ベーネ》（わたしたちは元気だった）という言い方をする。これは事実であり、最終的な性格を持つ状態だ。けれどもわたしには一つの状況のようにも思える。

この混乱は、教会や古い邸宅の床にある幾何学模様が引き起こす目の錯覚を連想させる。三色の立方体がならぶ、単純なようで複雑な、目を欺く模様だ。この錯覚の生み出す効果は驚くべきもので、軽い当惑を覚えるほどだ。遠近感が移動するため、一つのものが同時に二つの形に見える。二つの可能性だ。

何か手がかりを探しているうちに、sempre《センプレ》（いつも、ずっと）、mai《マイ》（決して）という副詞といっしょのとき、近過去がよく使われることに気がつく。たとえば、sono stata sempre confusa《ソノ・スタータ・センプレ・コンフーザ》（わたしはずっと混乱していた）。または non sono mai stata capace di assorbire questa cosa《ノン・ソノ・マイ・スタータ・カパーチェ・ディ・アッソルビーレ・クエスタ・コーザ》（わたしはこのことがまったく飲み込めなかった）。重要な鍵、もしかしたら法則を発見したと確信する。ところが、ナタリア・ギンズブルグの『ことの顛末』（*È stato così*）――タイトルからしてこのテーマの一例となっている小説――を読んでいるとき、こんな文章に出会う。「Non mi diceva mai che era innamorato di me... Francesca aveva sempre tante cose da raccontare... Aspettavo sempre la posta.（わたしを愛しているとわたしには決して言わなかった。……フランチェスカはいつも話すことがたくさんあった。……わたしはいつも手紙を待っていた）」。法則などなく、混乱はますますひどくなる。

ある日、マッシモ・カルロットの小説『世の中にはもう何もない』(*Niente, più niente al mondo*)を読んだあと、わたしは躍起になって essere 動詞が過去形で使われているすべての箇所に下線を引く。すべての文を手帳に書きとめる。「Sei stato dolce.(君は優しかった)」「C'era ancora la lira.(まだリラがあった)」「E' stato così fin da quando era giovane.(若いころからずっとこうだった)」「Ero certa che tutto sarebbe cambiato in meglio.(すべていい方に変わると確信していた)」。だが、これはすべて徒労に終わる。結局のところ、わたしが学ぶのはただ一つ、文脈次第、意向次第ということだ。

いま、半過去と近過去の違いは前ほど面倒には感じなくなっている。夕食の終わりには è stata una bella serata(楽しい晩でした)と言うが、雨が降るまでは era una bella serata(晴れた晩だった)ことがわかっている。一週間 sono stata in Grecia(ギリシアにいた)が、病気の間は ero in Grecia(ギリシアにいた)こともわかっている。半過去は一種の前置きのようなもので、始まりと終わりの境界がない開かれた行為を指すことを理解している。制御され、過去に固定された行為ではなく、中断された行為だ。半過去と近過去の関係は、すでに過ぎ去った時間をよりはっきりと鮮やかなものにするための、複雑で厳密なシステムだということを理解している。何か抽象的なことについて語り、存在しないものを感知するための一つの方法なのだ。

このような思考の停止から、自分が文字どおりきわめて不完全(imperfetta)だと感じているのは言うまでもない。いらだたしいことではあるが、運命のように思える。不完全という感覚がわたしの人生を象徴しているのだから、わたしは不完全と一心同体なのだ。いつも自分が欠点のある人間だと感じていたから、常に自分を高め、改めようと努めている。

アイデンティティーが二つに分かれているせいで、またたぶん気質のせいで、わたしは自分が未完成で、何か欠陥のある人間だと考えている。それは自分と一体化できる言語を欠いていると いう言語的な理由によるのかもしれない。子供のころからアメリカで、両親を満足させるため、そして何よりも自分が完全に二人の娘であると感じられるように、ベンガル語を少しの外国訛りもなく完璧に話そうとしてきた。でも、それは不可能だった。一方では、アメリカ人だと認めてもらいたかったのだが、英語は完璧に話せたにもかかわらず、それもかなわなかった。根づいているのではなく、宙ぶらりんだった。わたしにはあいまいな二つの面があった。わたしが感じていた、そしていまもときどき感じる不安は、役に立たないという感覚、期待はずれな存在だという感覚に由来する。

ここ、とても居心地がいいイタリアで、わたしはかつてないほど不完全だと感じる。毎日イタリア語で話したり書いたりするたびに、不完全さに直面する。この曲線は痕跡を残し、どこでもわたしについてくる。わたしを裏切り、この言語に根を下ろしていないことを露わにする。

どうしてわたしは大人として、作家として、不完全さとのこの新しい関係に興味を持つのだろう？　それはわたしに何を与えてくれるのだろう？　自分自身をびっくりするほど明瞭に、より深く意識すること、と言えばいいだろう。不完全さは構想、想像、創造性に手がかりを与えてくれる。刺激してくれる。不完全であると感じれば感じるほどわたしは、生きていると実感する。

小さいころからわたしは、自分の不完全さを忘れるため、人生の背景に身を隠すために書いている。ある意味では、書くことは不完全さへの長期にわたるオマージュなのだ。一冊の本は一人の人間と同様、その創造中はずっと不完全で未完成なものだ。人は妊娠期間の末に生まれ、それから成長する。しかし、わたしは本が生きているのはそれを書いている間だけだと考える。そのあと、少なくともわたしにとっては、死んでしまう。

毛深い若者

カプリ島で開催される文芸フェスティヴァルの招待状を受け取る。それは英語圏とイタリア人の作家たちの一連のミーティングで、巨岩の見える海に面した小さい広場で行われる。フェスティヴァルでは毎年一つのテーマが設けられ、それについて参加者が意見交換をする。今年のテーマは「勝者と敗者」だという。フェスティヴァルの前に参加者は、二か国語のパンフレットに載せる小文をこのテーマで書くよう求められる。わたしは英語圏の作家だから、おそらくこの小文を英語で書き、イタリア語に翻訳することが想定されているはずだ。けれども、わたしは一年近くイタリアにいて、イタリア語にすっかり心を奪われてしまい、英語をできるだけ避けるようにしている。イタリア語でその文を書くから、英語訳が必要になる。

自分で翻訳するのが自然なのだろうが、まったくしたいと思わない。いま逆戻りすることに興味はない。それどころか心配になる。気が進まないことを夫に話すと、彼はこう言う。「自分で翻訳した方がいい。ほかの誰よりきみが適任だし、自分でやらなかったら、チェックできないだろう」この助言に従って、それに義務感もあり、結局自分で訳すことにする。

ごく簡単な仕事だろうと想像していた。上り坂ではなく下り坂。ところが、どんなに骨の折れる仕事かわかって呆然としてしまう。わたしはイタリア語で書くとき、イタリア語で考える。それを英語に翻訳するには、脳の別の部分を目覚めさせる必要がある。この感覚はどうしても好きになれない。他人事のように感じる。飽き飽きしている恋人とか、何年も前に別れた人と偶然出会ったとでもいうような。もう心を引かれない。

一方では翻訳がうまく響かない。味気なく退屈で、自分の新しい考えが表現できていないように思える。もう一方では、自分の英語の豊かさ、強さ、しなやかさに圧倒される。何千という言葉やニュアンスがふっと頭に浮かぶ。文法はがっちりしていて、まったく不確かなところはない。どんな辞書も必要ない。英語では坂をよじ登る必要がない。この古くからの知り合いの抜け目なさに、わたしは意気消沈してしまう。こんなに豊かな素養を持つこの作家は誰だろう？　誰だかわからない。

自分が不誠実だと感じる。不本意ながらイタリア語を裏切ってしまったのではないかと心配になる。

イタリア語に比べて英語は横柄で、高圧的で、自信にあふれているように思える。いままで檻に閉じこめられていたのが解き放たれ、怒り狂っているといった感じだ。たぶん、一年近く無視されていたと感じ、わたしを恨んでいるのだろう。二つの言語は机の上でぶつかり合っているが、どちらが勝つかは言うまでもない。翻訳が原文を飲み込み、ばらばらにしてしまっている。この血なまぐさい戦いがフェスティヴァルのテーマ、つまりこの文の主題そのもののみごとな実例となっていることに衝撃を受ける。

生まれたばかりの赤ん坊のように抱きかかえているわたしのイタリア語を守りたい。あやしてやりたい。よく眠り、しっかり食べて成長してほしい。イタリア語に比べると、わたしの英語は毛深くて体臭のきつい若者のようだ。こっちへ来ないで、と言いたくなる。休んでいるあなたの弟の邪魔をしないで。走ったり遊んだりできる子供ではないの。あなたのように気ままで、元気いっぱいで、自立した男の子ではないの。

いま、イタリア語とわたしの関係を違う言い方で表現していること、新しいメタファーを取り入れたことに気がつく。いままでは雷の一撃とか、恋に落ちるとか、ロマンティックな表現ばかりだった。自分の書いたものを翻訳しながら、いま、二人の子供の母親のように感じている。わたしは言語に対する自分の態度が変化したことに気づいているが、おそらくその変化は成長という自然の道筋を反映している。一つの愛のあとに別の種類の愛がつづく。愛情にあふれた結合から、理屈としては、新しい世代が生まれる。わたしは子供たちへのさらに激しく、純粋で、超越的な情熱を感じる。母性とは本能的なつながりであり、無条件の愛であり、魅力や融和性を超えた献身なのだ。

この短い文章を英語に翻訳しながら、二つに引き裂かれたように感じる。わたしは緊張を制御することはできないし、二つの言語の間を軽業師のように動き回る能力もない。同時に二人の違った人間でいなければいけないという、不愉快な感覚を思い出す。それはわたしの人生の避けられない条件なのだ。ベケットが自作をフランス語から英語に訳したことは知っている。わたしのイタリア語能力はずっと乏しいから、わたしには不可能だ。この二人の兄弟は対等ではなく、お気に入りは弟だ。イタリア語に対して、わたしは中立の立場は取れない。

英語への翻訳については義務だと考えている。それだけだ。求心的なプロセスだと思う。秘密も発見もなく、自分以外の何かとの出会いもない。

だが、二つのヴァージョンの間を旅するのが有益であることは認めなければならない。翻訳の努力のおかげで、イタリア語ヴァージョンは最終的により明瞭で理路整然としたものになる。それは作家を動揺させるものではあるが、書くことの役に立つ。

翻訳することは何かを読む最も深く内面的な方法だと思う。翻訳は二つの言語、二つの文章、二人の作家のとてもダイナミックで美しい出会いなのだ。分離と再生を必然的に伴っている。以前わたしはラテン語、古代ギリシア語、ベンガル語から翻訳することが好きだった。それは異なる言語に近づき、空間的にも時間的にもわたしからきわめて遠い作者と自分が結ばれていると感じる方法だった。まだ初学者にすぎない言語で書いた自分の文章を訳すのは、それと同じではない。イタリア語の文章を苦労して書き上げたあとには、ようやく積み荷を降ろしたと感じ、疲れ果ててはいるものの、大きな満足を味わう。立ち止まって自分の位置を確かめたいと思う。戻るのが早すぎるのはよくない。それは挫折、後退のようだ。創造的ではなく、破壊的で、自殺に等しい行為のように思う。

カプリでは発表をイタリア語で行う。勝者と敗者について書いた小文を声に出して読む。左側に青色で英語の文章、右側には黒色でイタリア語が書いてあるのが見える。英語は無言で、かなり落ち着いている。印刷され、製本され、二人の兄弟はどちらも相手に寛大だ。少なくともいまのところは休戦状態にある。

朗読が終わり、わたしと二人のイタリア人作家との間で会話が始まる。わたしたちの横には、わたしたちの話していることを英語に翻訳するため、通訳も坐っている。わたしが少し話して一休みし、彼女が話す。この英語のこだまは信じられないほどすばらしい。輪が完結すると同時に、すべてが覆される。わたしは呆然とし、感動する。十三年前のマントヴァのこと、あのときの通訳のことに思いをはせる。通訳がいなかったら、聴衆の前でイタリア語で自分の考えを言い表すことはできなかった。このようなゴールに到達できるとは思っていなかった。

通訳の話を聞きながら、わたしは初めて自分のイタリア語に自信を持つ。ずっと弟のままではいるだろうが、この華奢な子は何とかやっていける。長男のおかげで、わたしは次男を見たり、その声を聞いたりできるし、少しほれぼれとしてしまうことさえできる。

二度目の亡命

ローマで一年間暮らしたところで、一か月アメリカに帰る。すぐにイタリア語が恋しくなる。毎日イタリア語を話したり聞いたりすることができないのが悩みの種になる。レストラン、商店、海岸へ行くといらいらする。どうしてみんなイタリア語を話さないのだろう？　誰とも交流したいと思わない。たまらなくノスタルジーを感じる。

ローマで吸収したものすべてがなくなってしまったような気がする。母親のメタファーに戻ろう。生まれたばかりの子供たちを、初めて家に残して外出しなければならなかったときのことを考える。そのときはものすごい不安を覚えた。このように短い時間離れるのは普通のことで、わたしにも子供たちにも大事なことだったのにもかかわらず、罪の意識を感じた。それまで束縛し合っていたわたしたちの体が、それぞれ独立したものだということを確認するのは重要なことだ。

それでも、そのときもいまも、それが痛みを伴う肉体的な分離であることをはっきりと自覚している。まるで自分の一部がなくなってしまったかのように。

遠く離れていることを痛感している。重苦しく、耐えがたい沈黙を感じる。

イタリア語を恋しく思う気持ちは日に日に増していく。習ったことをもう全部忘れてしまったのではないかと心配になる。全滅させられたのではないかと心配になる。あらゆるものを飲み込む渦の闇に単語がすべて消えていくのを想像する。去るという行為を意味するイタリア語動詞のリストを手帳に作る。scomparire（姿を消す）、svanire（かき消える）、sbiadire（色あせる）、sfumare（消え失せる）、finire（終わる）、evaporare（蒸発する）、svaporare（気化する）、svampire（霧散する）、perdersi（薄れる）、dileguarsi（消え去る）、dissolversi（氷解する）。このうちのいくつかはmorire（死ぬ）の同義語だということを知っている。

苦しんでいるさなかのある日の午後、ケープ・コッドにミラノのジャーナリストからインタビューの電話がある。電話が鳴るのを待ちかねているのだが、彼女と話していると、わたしのイタリア語がぎこちなく聞こえるのではないか、もう練習不足になっているのではないかと心配になる。外国語というのは繊細で神経質な筋肉なのだ。使わなければ弱ってしまう。アメリカでは、わたしのイタリア語は調子はずれで、移し替えられたように聞こえる。しゃべり方、響き、リズム、抑揚が根無し草めいて、場になじんでいないように思える。言葉が重要性を失い、意味のない存在になったように思える。漂流者、放浪者のようだ。

わたしが若いころ、アメリカで両親はいつも何かの喪に服しているように見えた。いまではそれが理解できる。言語のためだったにちがいない。四十年前、両親にとって電話で家族の声を聞くのは容易なことではなかった。彼らは手紙を待った。ベンガル語で書かれた手紙がコルカタから届くのを、一日千秋の思いで待った。それを百回繰り返して読み、大切にしまっておいた。これらの手紙は彼らに自分の言語を思い出させ、失われた人生を現在によみがえらせてくれた。自分の一部のように感じている言語と遠く離れているとき、人はそれとのつながりを保つために全力をつくす。言語は場所、人々、生活、道、光、空、花、物音など、あらゆるものを再び運んできてくれるのだから。人は自分の言語なしで生きるとき、身軽に感じると同時に、負担が多すぎるとも感じる。海抜が異なる場所の、別の種類の空気を呼吸する。常に違いを意識している。

イタリアで一年だけ暮らして戻ったアメリカで、わたしは少しこのように感じる。それでも、何かしっくりしない。わたしはイタリア人ではないし、バイリンガルでもない。わたしにとってイタリア語は、畑を耕したり卵を抱いたりするように、大人になってから習った言語にすぎないのだ。

ある日、ケープ・コッドの小さな広場のようなところで青空古本市に出会う。あらゆる種類の本が山積みされた折りたたみ式テーブルが、芝生の上にたくさんならんでいる。値段はとても安い。いつもは小一時間もあちこち探し回って大量に買い込むのが好きだ。けれどもこのときは、英語の本しかないので何も買う気にならない。絶望的な気分になり、イタリア語の本を探す。外国の本が集められた箱もいくつかある。表紙のすり切れたドイツ語の辞書が一冊、ぼろぼろになったフランス語の小説が何冊か見えるが、イタリア語のは一冊も見つからない。興味を引かれるのは英語で書かれたイタリアのガイドブックしかなく、ただ一つそれを買う。八月末にローマへ帰ることを思い出させてくれるというだけの理由で。そのほかの本には、一冊あったわたしの小説さえも、まったく興味が湧かない。まるで外国語で書かれているかのように。

いまわたしは二重の危機的状況にあると感じる。一方では、あらゆる意味において、わたしとイタリア語の間に大洋があることを実感している。もう一方では、わたしと英語との乖離(かいり)を感じている。イタリアで自分の文章を翻訳しているとき、そのことにはもう気がついていた。だが、別離の思いがより鋭く際立つのは、すぐそばにいるのに深い裂け目が消えないときだと思う。

なぜ、もう英語が親しく感じられないのだろう？　それを通じて読んだり書いたりすることを学んだ言語が、どうしてわたしを慰めてくれないのだろう？　何が起こっていて、何を意味するのだろう？　疎外感と幻滅を感じ、心がかき乱され、動揺する。自分が決定的な言語もなく、原点もなく、明確な輪郭もない作家だとこれほどまでに感じたことはない。それが有利なことなのか不利なことなのかはわからないけれど。

月の半ば、わたしはヴェネツィア出身の先生に会いにブルックリンへ行く。今回は授業はしないで、長いおしゃべりをするだけだ。ローマのこと、彼女とわたしの家族のことを話す。わたしは缶入りビスケットを持っていき、新しい生活の写真を見せる。先生は書棚からポケットサイズの本を何冊か取り出してプレゼントしてくれる。カルヴィーノとパヴェーゼとシルヴィオ・ダルツォの短篇集。それにウンガレッティの詩集。ここに来るのはこれが最後だ。先生はブルックリンを去って転居しようとしている。長い間住んでいた家、わたしたちが授業をした家はもう売ってしまった。引っ越しのため、何もかも箱に詰めようとしている。これからはアメリカに帰ってきても、もうブルックリンで彼女に会うことはないだろう。

ちょっとした量のイタリアの本を抱えて家に戻る。そのおかげで、沈みがちな心を落ち着かせることができる。イタリア語から隔離されたこの沈黙の期間中、本だけがわたしを元気づけてくれる。書物は現実を乗り越えるための——私的で、節度があり、信頼できる——最良の手段なのだ。

毎日イタリア語を読むが、書くことはない。アメリカでわたしは消極的になっている。辞書とノートとメモ帳は持ってきたものの、イタリア語では一言も書けない。日記にも何も書かないし、書く気にもならない。執筆については活動停止のままだ。創作の待合室にいるかのように、ただ待っているだけだ。

八月末になってようやく、空港の搭乗口でまたイタリア語に囲まれる。ニューヨークでのヴァカンスを終えて国に帰ろうとしているイタリア人一人ひとりを見る。彼らのおしゃべりに耳を傾ける。初めはほっとしてうれしくなる。けれども、すぐに自分が彼らと同じではないことに気がつく。わたしは彼らとは違う。合衆国からコルカタへヴァカンスに出かけたとき、わたしが両親と違っていたように。わたしは自分の言語といっしょになるためにローマへ帰るのではない。別の言語への求愛をつづけるために帰るのだ。

ある特定の場所に属していない者は、実はどこにも帰ることができない。亡命と帰還という概念は、当然その原点となる祖国を必要とする。祖国も真の母国語も持たないわたしは、世界を、そして机の上をさまよっている。最後に気づくのは、ほんとうの亡命とはまったく違うものだということだ。わたしは亡命という定義からも遠ざけられている。

壁

どんな喜びにも痛みがある。どんな激しい情熱にも暗い一面がある。

ローマに来て二年目のクリスマス過ぎ、家族とパエストゥムを見に行き、それからサレルノに二日間滞在する。そこの旧市街で、店のショー・ウィンドーのかわいい子供服が目にとまる。娘を連れて店に入り、女性店員に話しかける。挨拶をして、娘のパンツを探していると告げる。だいたいのイメージを話し、希望の色を知らせ、娘はタイトなタイプは好きでなく、ゆったりしたはきやすいものがいい、とつけ加える。要するに、わたしはこの店員とかなり長い間、もう流暢になってはいるが完璧ではないイタリア語で話をする。

途中で夫が息子といっしょに入ってくる。わたしと違い、アメリカ人である夫は、外見からはイタリア人に見えなくはない。店員の前で、彼とわたしはイタリア語でいくつか言葉を交わす。

値引きされている男物のジャンパーを息子に買おうかと考えて、夫に見せる。彼はそっけなく返事をする。わかった。いいね。うん、そうだね。きちんとした文にもなっていない。夫はスペイン語を完璧に話すから、イタリア語もスペイン訛りになりやすい。sessantuno（六十一）をsessenta y uno、bellezza（美しさ）をbellessa、mai（決して）をnuncaなどと言い、子供たちにからかわれている。イタリア語も上手に話すが、わたしほどではない。

パンツを二着とジャンパーを買うことにする。レジで支払いをしていると、店員がわたしにたずねる。「どこからおいでですか？」

ローマに住んでいること、去年ニューヨークからイタリアに引っ越してきたことを説明する。すると店員が言う。「でも、ご主人はイタリア人でしょう。ぜんぜん訛りがなくて、イタリア語を完璧に話してます」

そう、これがわたしには絶対に越えられない境界だ。どんなによくできるようになっても、わたしとイタリア語の間に永遠に横たわる壁。わたしの顔かたち。

泣きたくなる。叫びたい思いだ。「あなたたちの言葉を死ぬほど愛しているのはわたしで、夫じゃありません。彼は、ここに住むことになって、必要だからイタリア語を話してるだけ。わたしはあなたたちの言葉を二十年以上前から勉強してるのに、彼は二年にもなりません。わたしはあなたたちの国の文学以外は読みません。いまでは大勢の人の前でイタリア語を話すことも、ラジオの生放送でインタビューを受けることもできます。わたしはイタリア語の日記をつけて、小説を書いてるんですよ」

店員には何も言わない。お礼を言い、挨拶をして、店を出る。わたしのイタリア語への愛着に何の値打ちもないことはわかっている。わたしのどんな献身や熱意にも何の意味もないことも。この店員に言わせれば、イタリア語をとても上手に話し、ほめられるべきなのは夫で、わたしではない。侮辱された気がして、怒りとねたましさを覚える。あきれて言葉も出ない。道を歩きながら、やっとイタリア語で夫に言う。「Sono sbalordita（ソノ・ズバロルディータ）（びっくり仰天だわ）」

英語で夫が言う。「ズバロルディータってどういう意味？」

サレルノでのエピソードは、わたしがイタリアで何度も直面する壁の一例にすぎない。顔かたちのせいで、わたしは外国人だと思われる。確かにその通りだ。だが、イタリア語を上手に話す外国人であるわたしは、この国で言語に関してまったく異なる二つの経験をしている。

わたしを知っている人たちはわたしにイタリア語で話す。わたしが自分たちの言語が話せることを評価してくれ、喜んでいっしょに使ってくれる。イタリア人の友人とイタリア語で話していると、イタリア語に浸っているようで、認められ、受け入れられていると感じる。わたしはイタリア語に関わっている。イタリア語を話す芝居の中で、わたしも一つの役割を演じ、舞台に立っていると思える。友だちとなら何時間でも、場合によっては何日でも、英語の単語にまったく頼らないで話ができる。わたしは湖の真ん中にいて、彼らといっしょに自分なりのやり方で泳いでいる。

ところが、サレルノのときのような店に行くと、いきなり岸に打ち上げられてしまう。わたしを知らない人たちは、わたしを見て、この人はイタリア語が話せないと思いこむ。彼らに向かってイタリア語で何か（ニンニク一玉、切手一枚、時間）をたずねると、困った顔で「わかりません」と言う。いつも同じ答え、同じ顔つきだ。まるでわたしのイタリア語が別の言語であるかのように。

彼らがわたしの言うことがわからないのはわかろうとしないからだ。わかろうとしないのはわたしの話を聞きたくないから、わたしを受け入れたくないからだ。壁はこういう機能を果たしている。わたしの言うことがわからなければ、わたしを無視することができ、わたしを考慮に入れる必要がない。このような人たちは、わたしを見るが見えてはいない。わたしがやっとのことで彼らの言語を話していることを評価してくれるどころか、不愉快に感じている。イタリアでイタリア語を話していると、とがめられたような気がすることがある。手を触れてはいけない物に触った子供のように。イタリア人からこう言われているように感じることがある。「わたしたちの言語に触るな。これはあんたのものじゃない」

外国語を習得するのは、新しい国で新しい人たちに溶け込むために必要不可欠な手段だ。つながることを可能にしてくれる。言葉なしでは、正当で尊重されている存在だと感じることはできない。声も力もないままだ。壁には裂け目も入口もない。わたしが残りの人生をずっとイタリアで過ごし、欠点のない洗練されたイタリア語が話せるようになったとしても、この壁はなくならないだろうということはわかっている。イタリアで生まれ育ち、イタリアを祖国と考え、イタリア語を完璧に話すのに、一部のイタリア人の目には「外国人」と映る人たちのことを思う。

わたしの夫はアルベルトという。彼の場合は、手を差し出して「Piacere, sono Alberto.（ピアチェーレ・ソノ・アルベルト）（初めまして、わたしはアルベルトです）」と言うだけでいい。顔かたちと名前のおかげで、誰もが彼はイタリア人だと思う。わたしが同じことをすれば、同じ人がこう言う。「Nice to meet you.（ナイス・トゥ・ミート・ユー）」イタリア語で話しつづければ、こう聞かれる。「どうしてこんなにイタリア語がお上手なんですか？」そしてわたしは説明しなければならない。わけを言わなければならない。その人たちには、わたしがイタリア語を話すのが異常に映るのだ。夫には誰もそんな質問はしない。

ある晩、ローマのフラミニオ地区の書店でわたしの最新作『低地』の紹介をすることになる。イタリア人の友人――彼女自身も作家――と、文学についていろいろと会話をする準備がすでにできている。催しが始まる前、知り合ったばかりの男性に、紹介は英語でするのかと聞かれる。イタリア語でするつもりだ、とイタリア語で答えると、イタリア語はご主人から習ったのかと言われる。

英語を母語話者のように話し、アメリカ人作家と見なされているにもかかわらず、アメリカでもわたしは同じ壁にぶつかる。だが、それは別の理由からだ。名前と顔かたちのせいで、どうして自分の母語でなく英語で書くのを好むのか、と聞かれることがたまにある。初対面の人は――わたしを見て、名前を知って、それからわたしの英語の話し方を聞いて――どこの出身なのかたずねる。完璧に話しているというのに、その言葉のことを弁明しなければならない。もし話さなかったら、わたしが外国人だと思いこむアメリカ人も多いだろう。ある日道でわたしに宣伝ビラを渡そうとした男の人のことを思い出す。当時わたしは十七世紀イギリス文学に関する博士論文を執筆中で、ボストンの図書館からの帰りだった。わたしがビラを受け取るのを断ると、その人はわたしに向かってどなった。「くそったれ、英語が話せねえのか?」

わたしのいわゆる母語の町、インドのコルカタでも、壁は避けられない。そこでは、わたしを小さいころから知っている親戚以外のほとんどの人が、インドの外で生まれ育ったわたしが英語しか話せない、またはベンガル語はほんの少ししかわからないと思っている。顔かたちとインドの名前にもかかわらず、英語で話しかけてくる。ベンガル語で答えると、ある種のイタリア人、ある種のアメリカ人と同じ驚きの表情をする。どこへ行っても、誰もわたしが自分の一部となっている言語を話すことをあたり前だとは思わない。

わたしは作家だ。言語とどこまでも一つになり、言語と仕事をする。それでも、壁はわたしと言語を隔て、遠ざける。壁は避けることができないものだ。どこへ行ってもわたしを取り囲む。だから、壁はわたし自身なのではないかと思う。

わたしは壁を壊し、自分を純粋に表現するために書く。書いているときには、わたしの顔かたちや名前は関係ない。姿を見られることもなく、偏見やフィルターなしに耳を傾けてもらえる。わたしは目に見えない存在だ。わたしはわたしの言葉になり、言葉がわたしになる。

イタリア語で書くとき、とても高く、もっと堅固なもう一つの壁を受け入れなければならない。それは言語の壁そのものだ。だが、創造的な観点から言えば、この言葉の壁は、どんなに腹立たしいものであっても、わたしの興味を引き、インスピレーションを与えてくれる。

最後にもう一つの例を。ある日ローマで、イタリアのわたしの編集者とその奥さんといっしょに、ホテル・ディンギルテッラへ昼食に行く。わたしの最新作のイタリアでの出版、いま書いていること、イタリア語との関係について何か書いてみたいという話をする。アンナ・マリア・オルテーゼなど、翻訳してみたいイタリア人作家のことも話す。編集者はわたしが頭に描いているこのような新しいプロジェクトに乗り気になっているようだ。わたしがしようと思っていること——ここしばらくはイタリア語で書くこと——はいい考えだと思う、と言ってくれる。

昼食のあと、コルソ通りの靴とバッグの店のショー・ウィンドーで、すてきな品物を見かける。店に入る。今回は何も言わない。黙っている。だが、店員の女性がわたしを見てすぐに声をかける。「May I help you?」イタリアではときとして、この四つのていねいな言葉がわたしの心を粉々に打ち砕く。

三角形

知っている三つの言語について考えてみたい。わたしとそれぞれとの関係、そしてその三つの間のつながりについて、このあたりで報告が必要だ。

わたしの人生最初の言語は、両親から伝えられたベンガル語だった。アメリカで学校に行くまでの四年間、それはわたしの第一言語で、英語という別の言語に囲まれた国で生まれ育ったにもかかわらず、使うと心が安まった。英語との初めての出会いは、辛く不愉快なものだった。幼稚園に行かされたとき大きなショックを受けた。いままで話したことがなく、ほんの少し知っているだけで、他人の言葉のように思っていた言語で気持ちを伝えなければいけなかったのだから、先生になついたり、友だちを作ったりするのは難しかった。ただ家へ、よく知っていて大好きな言語のところへ帰りたかった。

ところが数年後、読書をするようになると、ベンガル語は一歩後退した。六歳か七歳のときだった。そのころから、わたしの母語は独力でわたしを育てることができなくなった。ある意味では死んでしまったのだ。そして継母である英語がやってきた。

継母を知り、解読し、その期待に応えるため、わたしは読書に夢中になった。それでも、母語は口うるさい亡霊となってまだ存在していた。両親はわたしが自分たちやその友人たちとベンガル語だけを話すことを望んだ。家で英語を話すと怒られた。英語を話し、学校に通い、読んだり書いたりするのは、わたしの中の別の人間だった。

わたしは二つの言語のどちらとも一体になれなかった。一つはいつももう一つのうしろに隠れていたが、完全に隠れることは決してなかった。満月がほとんど一晩中厚い雲のうしろに隠れていて、突然まぶしい姿を現すことがあるように。家族とはベンガル語しか話さなかったが、路上や本のページの中など、あたりにはいつでも英語があった。別の言い方をすれば、毎日教室で何時間も英語で話したあと、英語のない場所である家に帰るのだった。どちらの言語もとても上手に話さなければいけないことはよく承知していた。一つは両親を満足させるため、もう一つはアメリカで生き残るために。わたしはこの二つの言語の間で迷い、苦悩していた。二つの言語を行ったり来たりすることで混乱していた。自分では解決できない矛盾のように思われた。

わたしのこの二つの言語は仲が悪かった。相容れない敵同士で、どちらも相手のことががまんできないようだった。その二つが共有しているものはわたし以外に何もないと思ったから、わたし自身も名辞矛盾なのだと感じていた。

わたしの家族にとって、英語は染まりたくない他国文化を象徴していた。ベンガル語はわたしの中の両親に属している部分、アメリカに属していない部分の象徴だった。学校の先生も友だちも、誰一人わたしがほかの言語を話すことに関心を示さなかった。そのことを誰も評価してくれなかったし、わたしに何もたずねなかった。そんなわたしの部分、そんな能力などまるで存在しないかのように、興味がなかったのだ。両親にとっての英語と同じように、わたしが小さいころから知っているアメリカ人にとっては、ベンガル語は遠方の、えたいの知れない怪しげな文化の象徴だった。いや、実は彼らにとっては何の象徴でもなかったのだろう。英語をよく知っていた両親とは違い、アメリカ人はわたしたちが家で話している言語についてまったく無知だった。彼らにとって、ベンガル語はあっさり無視できるものだったのだ。

子供時代から、英語で読んだり学んだりすればするほど、わたしは英語と一体化していった。ほかのどんな言語も話さない友だちのようになろうと努力した。わたしの考えでは、彼女たちは普通の生活をしていた。アメリカ人の友だちの前でベンガル語で話さなければならないのが恥ずかしかった。友だちの家にいるときに母と電話で話すのが嫌だった。この言語との関係をできるだけ隠しておきたかった。拒否したかった。

わたしはベンガル語を話すことが恥ずかしかったが、同時に恥ずかしく感じることを恥じてもいた。両親との別離を感じずに、また別れの不安な感覚を覚えずに英語で話すことは不可能だった。英語で話しているときにわたしがいたのは、両親の庇護を離れ、自分が孤立していると感じる空間だった。

完璧な英語を話さないで外国訛りで話すと、どういう結果になるかをわたしは見ていた。両親がアメリカでほとんど毎日のように直面していた壁を見ていた。それは常に二人につきまとう不確かさだった。まるでわたしの方が親であるかのように、二人に言葉の意味を教えてあげなければならなかった。ときにはわたしが代わりに話すこともあった。アメリカの店では、店員はわたしに向かって話すことが多かったが、それはただわたしの英語に外国訛りがなかったからだ。訛りのある父と母には理解できないというかのようだった。両親に対する店員の態度がとてもいやだった。二人を擁護したかった。彼らにこう言ってやりたかった。「二人はあなたたちの言うことが全部わかっているんです。ところがあなたたちは、ベンガル語だけじゃなく、世界のほかのどの言葉も一言もわからないじゃないですか」それなのに、両親が英語の単語一つでもまちがって発音すると、わたしはいらいらした。生意気にも彼らの言葉を言い直した。両親に弱みを見せてほしくなかったのだ。わたしが有利で、二人が不利な立場にあるのがいやだった。わたしと同じように英語を話してくれたらいいのにと思っていた。

わたしはこの二つの言語の間で何とかやりくりしなければならなかった。およそ二十五年前にイタリア語を発見するまでは。この言語を習う必要はまったくなかった。家族から強制されたわけでも、文化的、社会的な圧力があったわけでもない。差し迫った必要性などなかったのだ。

わたしの言語遍歴に三つめのイタリア語が加わったことで、三角形が形成される。直線ではなく一つの形が作られる。三角形は複雑な構造で、動的な形をしている。三つめの点ができることで、昔から仲が悪かったカップルの力学が変化する。わたしはこの不幸な二つの点の娘だが、三つめの点はその二つから生まれるのではない。わたしの願い、努力から生まれる。わたしから生まれるのだ。

イタリア語を勉強するのは、わたしの人生における英語とベンガル語の長い対立から逃れることだと思う。母も継母も拒否すること。自立した道だ。

この新しい道はわたしをどこに導いてくれるのだろう？　逃避行はいつ、どこで終わるのだろう？　逃げたあと、何をしようか？　実際には、これは厳密に言えば逃避ではない。逃げてはいるのだが、英語もベンガル語も横についてくる。三角形の一点が必然的にほかの点へ導くように。

英語とイタリア語はより近接した二点のように思える。ラテン語起源の言葉を数多く共通して持っているから、ある程度の領域を共有している。イタリア語では、同じ意味の英単語のおかげで、すでに知っている単語に出会うことが多いのは言うまでもない。英語の理解が助けになっていることは否定できない。けれども、この理解によってだまされることもある。ラテン語の語根のおかげで、イタリア語の単語がわかったつもりになることがときどきあるが、意味を明確にしなければならなくなると、まちがえてしまい、英語の意味すらよく学んでいなかったことを悟る。イタリア語の理解が進めば進むほど、英語の力不足も明らかになる。この過程を通じて両方の言語の理解が深まっていくのだから、逃げることは同時に帰ることでもあるようだ。

　ベンガル語とイタリア語は、どちらもインド・ヨーロッパ語族に属するという点は別にして、イタリア語と英語に比べて、ずっと大きく隔たった二点であるように思える。わたしの知る限り、共通の意味を持つのはただ一つ、gola（喉）という単語だけだ。ベンガル語ではイタリア語でche（何）というところをchiと言い、chi（誰）の意味でcheを使う。ささいなことだ。それでも、ベンガル語は別なところで助けになっている。ベンガル語を話して育ったおかげで、わたしは英語訛りのイタリア語を話さない。イタリア語の発音に関しては、わたしの舌はもう適応し、条件づけられている。イタリア語の子音、母音、二重母音がすべて聞き分けられる。あたり前に感じられる。音声的には英語よりベンガル語の方がずっとイタリア語に近いと思う。だから、この逃避行にはある意味でベンガル語も同伴し、手助けしてくれていることを認めなければならない。

　生活に三つめの言語を持ち込み、この三角形を作りだそうという衝動は、どこから来るのだろう？　どのように見えるのだろう？　正三角形だろうか、どうだろう？

図を描くとしたら、英語の辺はペン、ほかの二辺は鉛筆で描くだろう。英語は底辺、一番安定して動かない辺だ。ベンガル語とイタリア語はどちらももっと弱く、あいまいだ。一つは親から受け継ぎ、もう一つは望んで養子にした。ベンガル語はわたしの過去、イタリア語は将来の新しい細道であってほしい。最初の言語はわたしの原点、最後のはゴールだ。どちらの中でも自分がちょっと不格好な子供のように感じる。

デッサンが消しゴムで消せるように、鉛筆で描いた二辺は消えてしまうのではないかと不安になる。ベンガル語は両親がいなくなったとき、いっしょに運び去られてしまうだろう。両親によって具体化され、擬人化されている言語なのだ。二人が死んでしまったら、もうわたしの生活に欠かせない言語ではなくなるだろう。

イタリア語はいつまでも外部の言語だ。わたしがイタリアを去らなければならなくなり、没頭するのをやめてしまったとしたら、こちらも消え失せてしまうかもしれない。

英語は現在でありつづけ、いつまでも消えることはない。継母はわたしを見放さない。押しつけられた言語ではあるけれど、永遠に明瞭で正確な声をわたしに提供してくれた。

この三角形は額縁のようなものだと思う。そしてこの額縁にはわたしの自画像が収められているのだと思う。額縁はわたしの輪郭を明確にするが、そこには何が入っているのだろう？

わたしはいままでずっと、額縁の中に何か具体的なものを見たいと思っていた。くっきりと明確な姿を映すことのできる鏡が額縁の中にあることを願っていた。細切れでなく、全身が映っている人の姿が見たかった。だが、そんな人はいなかった。二重のアイデンティティーのせいで、見えるのは揺れたり、歪んだり、隠れたりしている姿だけだった。あいまいで不明瞭な姿しか見えなかった。

額縁の中に明確な姿を見ることができないことが、わたしの人生の苦悩なのだと思う。探し求めた姿が見えないことがわたしに重くのしかかる。鏡が空白しか映さないのではないか、何も映さないのではないかとおそれている。

わたしはこの空白、この不確かさに源を持つ。空白こそわたしの原点であり、運命でもあると思う。この空白から、このありとあらゆる不確かさから、創造への衝動が生まれる。額縁の中を埋めたいという衝動が。

変身

このエッセイを書きはじめる少し前、ローマの友人で作家のドメニコ・スタルノーネから一通のメールを受け取った。イタリア語を習得したいというわたしの望みに関連して、このように書いてあった。「新しい言語は新しい人生のようなもので、文法とシンタックスがあなたを作り変えてくれます。別の論理、別の感覚の中にすっと入り込んでください」この言葉がわたしをどれだけ勇気づけてくれたことか。ローマに着いてから、そしてイタリア語で書きはじめてからの心境がそっくりそのまま言い表されているようだった。わたしの不安、戸惑いがすべて含まれていた。このメッセージを読んで、新しい言語で自分を表現したいという欲求がよりよく理解できた。それは作家として、自分をうまく変身させたいということなのだ。

このメッセージを受け取ったのと同じころ、インタビューの中で、お気に入りの本はどれか、という質問を受けた。わたしはロンドンで、ほかの五人の作家と壇上にいた。いつもならこんな質問にはうんざりするところだ。わたしにとって決定的な本など存在しないのだから、どう答えていいかわからない。けれども、このときは何のためらいもなく、好きな本はオウィディウスの『変身物語』だと答えられた。威厳のあるテクストで、すべてに関わり、すべてを映し出す韻文だと思う。二十五年前にラテン語で初めて読んだ。わたしは合衆国の大学生だった。それは忘れられない出会いで、たぶん人生でいちばん満足した読書だった。この詩に到達するためには、辛抱強く単語を一語一語訳していかなければならなかった。手のかかる古代の外国語に没頭しなければならなかった。それでも、わたしはオウィディウスの文章に引きつけられ、魂を奪われた。生き生きと人を魅了する文体で書かれた、崇高な作品を発見したのだ。前にも言ったように、外国語で読むのはもっとも内面的な読書の方法だと思う。

ニンフのダフネが月桂樹に姿を変える瞬間をきのうのことのように覚えている。ダフネはしつこく求愛する神アポロンから逃げようとしている。彼女は一人で純潔なまま、処女神ディアナのように森で狩猟に専念したいと願っている。疲れ果て、神から逃れる術を持たないニンフは、助けてほしいと父である河神ペネイオスに懇願する。オウィディウスは記す。「こう祈り終えるやいなや、彼女の手足はけだるい無感覚に包まれ、柔らかな胸は薄い繊維で覆われる。髪は伸びて葉に、腕は枝になり、つい先ほどまであれほど速かった足は、重苦しい根となって動かなくなる。

顔は消えて梢となる」アポロンがこの木の幹に手を置くと、「新しい樹皮の下に、まだ不安に震える胸が感じられる」。

　変身は暴力的な再生のプロセスであり、死であると同時に誕生でもある。どこでニンフが終わり、どこから木が始まるのかははっきりしない。この場面がすばらしいのは、二つの要素、二つの生命の融合が描かれていることだ。ダフネと木を表す二つの言葉が並置されていることに気づく（ラテン語の本文では、frondem（葉）/crines（髪）、ramos（枝）/bracchia（腕）、cortice（樹皮）/pectus（胸））。これらの単語を並置することにより、絡み合い、矛盾した状態が強調される。虚を突かれたような二重の驚きが生じる。原初的とも言える神話的な意味において、同時に二つのものであるという概念が表現されている。それはどちらともつかない曖昧な存在であるということ、二重のアイデンティティーを持つということだ。

　姿を変えてしまうまで、ダフネは自分の命を救うために走る。いまはじっとしたままで、もう動くことはできない。アポロンは彼女に触れることはできるが、犯すことはできない。どんなに残酷であっても、変身は彼女の救いだ。一方では、行動の自由が失われる。他方では、自分の場所である森の中で、樹木として永遠に動かず、別の種類の自由を謳歌する。

　前にも言ったように、わたしがイタリア語で書くのは一つの逃避だと思う。わたしの言語上の変身をよく吟味していくと、何かから離れ、自由になろうとしていることに気づく。二年近くイタリア語で書いてきて、自分がすでに変化し、ほとんど生まれ変わったと感じる。だが、この新しい始まりという変化は代償が大きい。ダフネのように、わたしも動きが取れなくなっている。前のように、英語で書いていたときのように動くことができない。いま、新しい言語であるイタリア語が、樹皮のようにわたしを覆っている。わたしは中にとどまる。生まれ変わり、閉じ込められ、解放され、居心地の悪い思いで。

どうしてわたしは逃げているのだろうか？　何がわたしを追い回すのだろう？　誰がわたしを引きとめたいのだろう？

いちばんはっきりした答えは英語だろう。だが、それは英語それ自体というより、わたしにとって英語が象徴していたすべてのことなのだと思う。人生の大部分を通じて、英語は気力を使い果たす苦しい戦い、そして絶え間ない挫折の感覚の象徴だった。わたしの苦悩のほとんどすべてはその挫折から生まれている。また、征服し、解読すべき文化の象徴だった。わたしと両親の断絶の象徴なのではないかとおそれてもいた。英語はわたしの厳しくやっかいな過去の一面を表している。もううんざりだ。

それでも、わたしは英語に夢中になった。わたしは英語で作家になった。そして、あっと言う間に有名な作家になってしまった。わたしなど受けるには価せず、何かのまちがいではないかと思うような賞をいただいた。いくら名誉なことだとはいえ、自分がそれにふさわしいのか確信が持てなかった。わたしの人生を変えたこの評価がどうしてもしっくりしなかった。以来わたしは成功した作家と見なされたから、自分がほとんど無名で経験の浅い作家見習いだと感じなくなってしまった。わたしの文章はすべて、誰にも姿が見えず、誰にも近寄れない場所からあふれ出てくる。ところが処女作出版の一年後、わたしは無名性を失ってしまった。

イタリア語で書きながら、成功からも英語に対する挫折からも逃れていると思う。イタリア語はまったく異なる文学的進路を与えてくれる。作家として、自分を解体してしまうこともできるし、作り直すこともできる。エキスパートとは決して見なされずに、言葉を組み立てたり、文を練り上げたりすることができる。イタリア語で書けば失敗は免れないが、過去の挫折の感覚と違い、苦しんだり悩んだりすることはない。

いま新しい言語で書いている、と言うと、多くの人の反応はよくない。合衆国には、やめるようにと忠告してくれる人もいる。外国語から翻訳されたわたしの作品など読みたくないと言う。わたしに変わってほしくないと。イタリアでは、多くの人がこの決断を励ましてくれ、支えてくれるが、それでも、どうして世界中で英語よりずっと読む人の少ない言語で書きたいと思うのか、と聞かれることがある。英語を放棄するのは大きなまちがいで、逃避行の先には罠が待ち構えているかもしれない、と言う人もいる。わたしがこのような危険を冒したい理由が理解できないのだ。

そういう人たちの反応には驚かない。変化は、それが望み求めたものなら特に、不誠実で威嚇的なものと捉えられがちだ。わたしは自分を決して変えようとしなかった母の娘だ。合衆国で母はできる限り、まるでインドを、コルカタを一度も離れたことがないかのように装い、振る舞い、食べ、考え、生活しつづけた。姿形、習慣、態度を変えようとしないことが、アメリカ文化に抵抗するため、さらに言えばアメリカ文化と戦い、自分のアイデンティティーを保つための戦略だった。アメリカ人になることは、もしくはアメリカ人に似ることさえも、完全な敗北を意味していたのだろう。コルカタに帰ると、母は誇らしく感じる。五十年近くインドを離れて過ごしたにもかかわらず、ずっとそこにとどまっていた女性のように見えるからだ。

わたしは正反対だ。変化を拒否することが母の反抗だったのに対して、わたしの反抗は変化への欲求だ。「別の人間になりたいと願う……女がいた」わたしがイタリア語で書いた初めての短篇『取り違え』がこの文で始まっているのは偶然ではない。わたしは生まれてからずっと、自分の原点の空白から離れようとしてきた。その空白に愕然とし、そこから逃れてきた。自分に決して満足できなかったのはそのためだ。自分自身を変えることがただ一つの解決法のように思えた。ものを書いているうちに、登場人物の中に隠れ、自分自身から逃れる方法を見つけた。次から次へと自分を変化させるというやり方だ。

変身のメカニズムは決して変わることのないただ一つの生命の要素だと言えるだろう。あらゆる個人、国、歴史上の時代、そして宇宙全体とそこに含まれるすべてのものの歩みは、あるときはかすかな、またあるときは強烈な変化の連続以外の何物でもなく、それがなければ、わたしたちは止まったままだろう。何かが変わる推移の瞬間の積み重ねにより、わたしたちの背骨は形作られる。それが救済であれ喪失であれ、わたしたちの記憶に残るのはそういう瞬間なのだ。わたしたちの存在の骨格を与えてくれる。それ以外はほとんどすべて忘却の彼方だ。

芸術の力というのは、わたしたちを目覚めさせ、徹底的に衝撃を与え、変化させる力だと思う。わたしたちは小説を読んだり、映画を見たり、音楽を聴いたりしながら、何を求めているのだろう？　それまで気づかずにいた、自分たちを変えてくれる何かを求めている。オウィディウスの傑作がわたしを変えたように、わたしたちは変わることを願っている。

動物の世界では、変態は予定された自然なことだ。生物学的な変化、完全な成長に至るいくつかの特定の段階を意味する。毛虫が蝶に姿を変えたとき、もう毛虫はいなくなり、蝶だけが残る。変身の効果は徹底的かつ恒久的だ。古い形を失い、まったく別の新しい形を身につける。前とは違う新しい体形、新しい美しさ、新しい能力を持つ生き物となる。

わたしの場合、完全な変身は不可能だ。イタリア語で書くことはできても、イタリアの作家にはなれない。この文章をイタリア語で書いてはいても、英語で書くことを条件づけられたわたしの部分は残っている。自分自身の四つのヴァージョンを作りだした作家フェルナンド・ペソアのことを考える。別々に異なる四人の作家を作りあげ、それによって自身の境界を越えることができた。たぶん、わたしがいまイタリア語を通じてしていることは、彼のやり方に似ているのだろう。別の作家になることはできないが、二人の作家でいることなら可能かもしれない。

不思議なことに、イタリア語で書いていると、ずっと無防備なはずなのに、より保護されているように感じる。新しい言語が覆いになってくれているのは確かだが、ダフネと違ってわたしの防備は手薄で、ほとんど丸裸だ。厚い樹皮はないけれど、イタリア語で書くときのわたしは固く変身した作家だ。新しく根を下ろし、これまでとは違う成長を遂げる。

探査する

チェーザレ・パヴェーゼは最晩年の二年間、一九四八年から一九五〇年にかけて、エイナウディ出版社の協力者として、『イリアス』と『オデュッセイア』の革新的な翻訳でいまではよく知られているローザ・カルツェッキ・オネスティに、一連の手紙を書いている。パヴェーゼはこの女流翻訳家と直接の知り合いではないが、トリノとチェゼーナの間で頻繁に行われた活気あふれる手紙のやり取りを通じて、原文に忠実でありながら現代的なイタリア語でホメロスを表現し、古めかしくない平易な言葉遣いを用いるよう、彼女を導く。パヴェーゼはていねいに訳文を原文と比較対照しながら注意深く読みすすめ、すべてを入念に検討して、すべての詩章、文、描写の一字一句に反応する。彼の手紙には助言、修正、意見がぎっしり書き込まれている。率直に口出しはするが、そこには常に敬意と親愛の情があふれている。数多い提案の中にはこんなものが。

「いたずらに『崇高な』語調を与えるeletta per bellezza（美しさにおいて優れた）ではなく、bellissima（とても美しい）を使うべきでしょう」「uccisore d'uomini（人間の殺害者）よりassassino（暗殺者）の方がいいように思います」「del mare（海の）は、わたしならmarino（海の）にします」ときにはカルツェッキ・オネスティの選択に全面的に同意する。ホメロスが用いた典型的な形容句であるil mare colore del vino（ワイン色の海）について、こう書いている。「il mare cupo（暗い海）に賛成です。ワインはいりません」

パヴェーゼとカルツェッキ・オネスティは世界中のすべての作家、物書きを仕事とする人なら誰もがすることをしている。適切な言葉を見つけ、最終的にいちばんぴったりで説得力のある言葉を選ぶことだ。それは言葉をふるいにかけることで、骨が折れ、腹立たしくなることもある作業だ。物書きはこの作業を避けることができない。仕事の核心はここにある。

パヴェーゼの手紙からは、彼が自分の言語について強力で奥深い知識の持ち主であることがわかる。わたしは作家として、彼のようにありたいと志しているが、英語でしかそれはできない。イタリア語で同じ深さまで潜り込むことは不可能だ。まちがいのない文章が書ける望みはあるし、代わりの言葉を選ぶこともできる。だが、子供のころから経験を重ね、熟成された語彙は持ち合わせていない。彼と同じ的確さでイタリア語を細かく吟味することはできない。彼と同じ大局観でイタリア語の文章を判断、評価することは、自分が書いたものでもできない。

それでも、正しい言葉を探し出したいという衝動は抑えられないから、イタリア語で真剣に取り組んでいる。類語辞典を引き、手帳のページをめくる。朝新聞で読んだばかりの新しい単語を使ってみる。けれども、最初に読んだ人たちは、ただ一言「しっくりしない」と言って首を横に振る。彼らが言うには、わたしの使いたい単語は、もう時代遅れだと見なされている、または語調が下品すぎるか凝りすぎている、またはわざとらしく響くか話し言葉のように響く（おかげで、aulico（宮廷の、高尚な）という形容詞を学んだ）。語順が不自然で、句読点が役目を果たしていないのだそうだ。正確さがどうしても必要なわけではない。ただイタリア人ならこんな表現はしないという。

その人たちの言うことを聞かなければならないし、助言に従わなければならない。不正確な言葉やまちがった言葉を消して、別の言葉を探さなければならない。わたしの選択を擁護することはできない。母語話者に反論はできない。イタリア語では目も一部見えないし、耳も一部聞こえないことを認めないわけにはいかないから、贋作家なのではないかと心配になる。

いまでは語彙は豊富になっているものの、まだ突飛なところがある。古い時代のエレガントなロング・スカートをはき、スポーティーなポロシャツを着、麦わら帽子をかぶってスリッパをはいている、といった奇抜な服装をしているような感じがする。このような不体裁な感じ、めちゃくちゃな文体は、最初からわたしとイタリア語の間に距離があり、イタリアで暮らす前の長い間、遠くでいろいろな出所からイタリア語を吸収してきた結果なのかもしれない。イタリア語が日常的に楽に覚えられるようになってから二年が過ぎた。けれども、イタリア語で読むようになったいま、わたしの語彙を形成しているのは、さまざまな時代に異なる文体で書いていた作家たちの混合でもある。わたしの手帳には、マンガネッリ、ヴェルガ、エレーナ・フェッランテ、レオパルディなどの言葉が何の区別もなく列挙されている。フランス語で書くときは文体がなくても許される、とベケットは言った。わたしも一面では同意見だ。わたしのイタリア語の文章は味のないパンのようなものだと言えるだろう。役目は果たすが、いつもの味わいがない。

一方、やはり文体、少なくともある特色はあると思う。わたしには言語は滝のようなものに思える。流れ落ちる水の一滴一滴がすべて必要なわけではないのに、喉の渇きはつづく。だから、問題は文体がないことではなく、あまりに多すぎて、わたしがまだ圧倒されていると感じていることではないのかと疑ってしまう。イタリア語でわたしに足りないのは鋭い視力で、そのためはっきりした文体を磨き上げることができない。それどころか、それを捉えることもできない。イタリア語できれいな文を作り出すことがあったとしても、それがどうして美しいのか正しく理解できない。

イタリア語では、わたしは無知な作家でしかない。気がついているのは変装しているということだけだ。実際、母親の洋服ダンスに忍び込んでハイヒール、イブニングドレス、高価な宝飾品、毛皮を身につけようとしている子供のように感じる。現場を押さえられてしかられ、自分の部屋に連れ戻されるのではないかとおそれている。母親はきっとこう言うだろう。「待ちなさい。こんな服はあなたには大きすぎます」彼女の言うとおりだ。わたしには母の靴を履いて自然に歩くことはできない。ネックレスは重すぎるし、服の裾につまずいてしまう。毛皮を着たら、どんなにエレガントでも、汗をかく。

潮の満ち干のように、わたしの語彙は増えたり減ったりを繰り返し、やってきてはまた去っていく。毎日手帳に書き加えられる単語は短命だ。一時間かけてぴったりな単語を選んでも、あとで忘れてしまうことがたびたびだ。いまでは、イタリア語の知らない単語に出会うとき、やはりイタリア語で同じことを表す単語をすでに二つは知っている。たとえば、rinviare（延期する）とsospendere（中断する）という単語を前から知っていて、最近accantonare（棚上げにする）という単語を覚えた。oltrepassare（通り越す）とsuperare（乗り越える）を知っていて、travalicare（越える）を発見した。arrogante（尊大な）とprepotente（横柄な）を知っていて、tracotante（高慢な）に下線を引いた。少し前にazzeccato（的中した）とficcante（的確な）が使えるようになったが、それまではadatto（ふさわしい）、appropriato（適切な）を使っていただろう。

的を射貫こうと全力を尽くすのだが、いざ狙いを定めると、矢はどこへ飛んでいくかわからない。この本を書いているときも、すっかり気落ちして精神的に参ってしまい、書くのをやめようと思ったことが少なくとも百回はある。そんなふうに落ち込んだとき、イタリア語で書くことは無謀な企て以外の何物でもなく、急すぎる坂を上るようなものに思えた。もしわたしがイタリア語で書くことをつづけたいなら、空に黒雲が立ちこめる嵐のような時期、気力を失ってもうだめだと思ってしまう時期を耐えきらなければならない。

イタリア語を奥深くまで徹底的に探査する力のあるパヴェーゼがうらやましい。だが、わたしもこの省察を通して一つの探査をしたのだと思う。言語の発見について調べることで、わたし自身の調査をしたのだと思う。sondare（ソンダーレ）（探査する）という動詞は、「探検する」、「調査する」という意味を持つ。文字通りの意味は何かの「深さを測定する」ことだ。わたしの持っている辞書によれば、この動詞は「知ろうとすること、何かを、とりわけ他人の考えや意志を理解しようとすること」を意味する。そこには当然分離、不確かさが伴い、没入の状態がほのめかされている。どうしても手の届かないところにある何かを、几帳面に粘り強く探し求めることを意味している。このわたしのプロジェクトをみごとに説明する、まさに的を射た動詞だ。

足場

わたしはこの本をローマのゲットーにある図書館で着想して書いた。十年以上前に初めてこの町に来たとき、最初に発見した地区だった。いまでもお気に入りの場所だ。わたしたちが一週間借りたアパートのすぐそばにある、オッタヴィアのポルティコを見たときの感動は決して忘れないだろう。その印象はあまりにも強烈で、ニューヨークに帰ってから、ゲットーを舞台とした短篇を英語で書き、その中でポルティコの遺跡をこのように描写した。「朽ちかけ、足場で囲まれた円柱、多くの部分が欠けているどっしりとしたペディメント」——傷つき、砕け、何度も修理されてまだ立ちつづけていたこの古代の建造物は、そのころのわたしにとって、町の意味を体現していた。いま、このポルティコがわたしに与えてくれるメタファーでこの一連の断想を締めくくろうと思う。

わたしは一人ぼっちだと感じるために書く。小さな子供のころから、書くことは世間から離れ、自分自身を取り戻すための方法だった。わたしには静寂と孤独が必要なのだ。英語で書くときは、誰の助けも借りずにできて当然だと思っている。誰かがヒントを与えてくれたり、問題を指摘してくれたりすることはあるかもしれない。だが、言語に関してはわたし一人でやっていける。

イタリア語の場合は違う道をたどってきた。確かにわたしは一人で図書館にいた。書いているとき、誰もそばにはいなかった。ただ一つの道連れは、孤独を愛したアメリカの詩人で、わたしが育った場所から遠くないマサチューセッツで生涯を過ごしたエミリー・ディキンソンの詩と書簡集だった。赤い表紙の美しいイタリア語訳本で、図書館の書棚にならぶ数多くの本の中で、偶然わたしの興味を引いた。新しい章を書きはじめる前に、よくディキンソンの詩か手紙を読んだ。それはわたしにとって一つの儀式のようになった。ある日、こんな一節を見つけた。「おそろしい深淵の縁を航海しているように感じます。そこから逃れることはできず、天の助けがなければ、わたしのちっぽけな小舟はすぐにその中に滑り落ちてしまうでしょう」わたしは雷で打たれたような衝撃を受けた。この本を書きながら、わたしもまさにこのように感じていたのだ。

わたしはこの本を、イタリア語レッスンの宿題であるかのように、一章一章順番に書いた。六か月間、だいたい毎週一章分の原稿を書き上げることができた。このように規則正しいやり方で執筆に取り組んだことはこれまでなかった。最初の草稿はイタリア語の先生に送り、真っ先に読んでもらった。授業のとき、わたしたちはいっしょに作業をした。それは厳密な手順で、わたしにとっても彼にとっても初めての経験だった。彼は初歩的で大きなまちがいをすべて指摘してくれた。「ci penso（わたしが引き受けよう）」と言うべきところを「gli penso」、「mi viene chiesto（わたしは頼まれる）」を「sono chiesta」。初めのうちは細かいところまで注意の行き届いた大量のメモを作ってくれた（「名詞化された動詞を使いすぎないように注意」、「mica（ではない）はあまりにも話し言葉的」、「lasciarsi alle spalle（あとにする）のlasciareはまちがいではないが、ちょっとわざとらしい」）。最初の章は五百語以下の長さだが、ページの終わりに三十二の注記がつけられていた。代わりの単語を示してくれたり、接続法、ジェルンディオ、仮定法の使い方でいつもと同じまちがいをすると、訂正したり（そして叱ったり）してくれた。また、英語の癖が抜けていないのはどんなところか説明してくれ、一つの前置詞のまちがいがどれだけ文章を台無しにするか、いつも根気よく指摘してくれた。

　先生の協力でだいたいまちがいのない文章ができると、わたしは各章を二人の女性の読者に見せた。二人とも作家で、より細かな手直しについて助言してくれた。わたしのしていることがほんとうにわかるように、文法の面からよりも主題の面から、彼女たちといっしょに文章を細かく検討した。二人はわたしのこの考え方がどんなインパクトを彼らに与えたか説明してくれた。そしていつでも、私がいちばん聞きたかった大事なことを言ってくれた。前へ進みなさい、と。

三番目に、そして最後に読んでもらったのは、この文章が初めて活字になった「インテルナツィオナーレ」誌の編集者たちで、わたしにきわめて貴重な機会を与えてくれた。彼らは新しい言語で表現したいというわたしの願いを理解してくれ、わたしのイタリア語のおかしさを尊重し、不完全で少しぎこちない文章の実験的な性質を受け入れてくれた。わたしたちは協力して、文の一つひとつ、単語の一つひとつを検証し、出版前の最後の修正を行った。彼らのおかげで、わたしはこの言語の、そして創作上の飛躍ができた。新たなイタリア人の読者を獲得し、とうとう私の新しい部分に到達することができた。

最初の章が発行された日、それはあまり人目につかない形ではあったが、わたしは感激のあまりこのニュースを広場の真ん中で発表したいと思ったほどだった。こんなふうに感じたのは、二十年以上前に英語の最初の短篇が掲載されたとき以来だった。そのときは、こんな喜びを感じられるのは一生に一度だけだと思っていた。

最初に読んだ人たちは誰もがわたしに批評の鏡を示してくれた。前にも言ったように、わたしには自分がイタリア語で書いたことを明快に見る能力がない。だがそれ以上に、ローマでおびただしい数の崩れかかった建物や建築中の建物を足場が支えているように、この読者のみなさんはわたしを支えてくれた。

このプロジェクトは一種の共同作業だったのだが、イタリア語で書いていると英語から切り離されてしまう。いま、わたしは英語圏の作家たちとは無関係な気がするが、わたしが言語的に縁続きなのは彼らで、イタリア語の作家たちと同じではあり得ない。いろいろな理由で外国語で仕事をすることを選択した作家たちのことを考えると、自分がそのグループの正当なメンバーだともも感じない。ベケットはフランス語で書きはじめる前にフランスに何十年も住んでいたし、ナボコフは子供のころから英語を習っていた。コンラッドはポーランド語ではなく英語の作家になる前、長い間海の上で暮らして英語を吸収した。わたしがしている――わずか一年間イタリアで生活しただけであえてイタリア語で書く――のは、それとは違う常識はずれなことなのだから、いっそう深い、ほとんど別次元の孤独感を味わう。わたしのような人がほかにいるのだろうか。

足場というのは美しいものとは見なされない。概して見苦しいものの部類に入る。邪魔で美観を損ねる。本来ならあってはならないものだ。もし足場の下を通らなければならないことになったら、通りを渡ってしまうほうがよい。いまにも倒れるのではないかと心配になる。

でも、オッタヴィアのポルティコの場合は例外だ。足場のないポルティコを見たことがないのだから、もはや半永久的で、あってあたり前のものだと考えている。障害物であるにもかかわらず、足場は遺跡に感動的な属性を加えている。アウグストゥス帝時代に修復、奉納された円柱やペディメントが見られるのは、奇跡のように思われる。くたびれ果て、それでもまだ立っているこの建造物の下を平気で歩くことができることに驚きを感じる。それは時の経過を語ると同時に、時が無になっていることも語っている。

わたしのイタリア語の文章が出版されるとき、足場は消える。いくつかの言葉の使い方で、イタリア語がわたしの言語でないことが露見してしまっているのは別として、わたしを支え、保護してくれているものは見えない。壊れやすい部分を隠しているものは目に見えないままだ。だが、見えないのは単なる錯覚にすぎない。わたしはいつでも自分を支えてくれる足場のことを自覚している。それがなかったら、わたしも倒れてしまうだろう。

オッタヴィアのポルティコとは違い、わたしのイタリア語での執筆は始まったばかりで、まだすり切れてはいない。何世紀も持ちこたえるとも思えない。だが、同じ理由で足場が必要だ。失敗するかもしれない仕事を補強すること。みっともないとは思わない。たぶん、いつかはいらなくなるだろう。足場から解放されて自分だけの力で書くことができれば、もっと自由だと感じるだろう。だが、わたしの足場として、周りで指導してくれた友人たちのことを恋しく思うだろう。わたしの人生でもっともすばらしい経験は彼らにつながっている。

薄暗がり

妻の隣で、夢にうなされ、うろたえて目を覚ます。

夢の中でも彼は妻の隣にいた。やはりうろたえ、取り乱して。田舎をドライブしているところで、道沿いには木々や草むらがならんでいた。ぼんやりした日の光だった。夜明けかもしれないし、夕暮れかもしれなかった。空は薄暗かったが、一か所だけバラ色だった。

風景は古い油絵を思わせた。人気がなく、暗い田園風景。木々の葉は空を覆う雲の塊のようで、幹の落とす細い影が二人の後を追うように道の片側につづいていた。

妻はハンドルを握っていた。彼女が運転しているとき、彼は不安でならなかった。車は普通に動いてはいたのだが、ボディーがまったくなかったからだ。ハンドル、ペダル、変速レバーを除いて、二人と道路の間には何もなかった。

妻はそのことにまったく気づいていないか、危険などないかのように運転をつづけていたが、彼の方は車体がなく、道路が近くに迫っていることに愕然としていた。

止まるようにと大声で妻に言った。ところが、夢の中ではいつものことだが、声は出なかった。二人は話をせず、何の問題もなく、こうしてずっと木々の細い影に沿って進んでいった。道には何の障害物もなかった。彼がおそれていた事故に遭うこともなかった。たぶん夢でいちばん不安にかられたのはそのことだった。

いまは夜更けで妻は眠っているが、二か月におよんだ外国滞在から戻ったばかりの彼には、もう朝だ。起きて一日を始めようという衝動が起きる。彼はいまや外国の日常生活のリズムに支配されている。そこではすでに青空が広がっていて、彼はもういない。

夢の影響でくらくらするが、眠れない。ほかにも欠けているものがあるのではないか、何かなくなっているのではないかと不安になる。ベッドの下にまだ床があるか、部屋はまだ四方を壁に囲まれているか点検したくなる。

妻はまだそこにいる。夢の中と同じ彼の左に。夢の中でもそうだった。むき出しの腕、満月に照らされた顔が見える。

数時間前に終わったばかりの夕食のテーブルもごちそうでいっぱいだった。妻は彼の帰国を祝って盛大な夕食会を計画していた。彼は食欲がなく、テーブルを囲む陽気で騒がしい話し声がわずらわしかった。長距離の旅の後で、その時間はただベッドへ行きたかった。

しかし彼はテーブルに残り、全員が夫婦の親しい友人である客たちに、滞在していた国のこと、借りていたアパートのこと、町の様子など、外国での経験を語った。その国の人たちや気質のことを話し、していた仕事について説明した。客の一人の好奇心を満足させるため、覚えた外国語で二言三言言い、自分の家なのに外国人のような気がした。

キッチンに入る。電気をつける必要はなく、月明かりだけで十分だ。はでな夕食の跡が見える。大量の汚れた皿とグラス、油だらけの鍋やフライパン、妻がおいしい料理を盛りつけた巨大な陶器の皿。前日の晩、彼は疲れていたし、妻は少し飲み過ぎてしまったので、テーブルをそのままにして寝てしまった。

フライパンを洗い、固まって皿にこびりついた食べ残しをこすり取り、フォークやナイフをすすぎはじめる。食器を食洗機いっぱいに入れて、スイッチを入れる。全部片づけ、お祝いの痕跡をすべて消し去る。

きれいになったキッチンでコーヒーを沸かし、パンを探す。一切れ食べたいと思う。外国にいたとき、アパートのキッチンにはトースターがなく、朝食には違うものを食べていた。パンの詰まった包みを見つけ、一切れトースターに入れる。だが入らない。スロットの中で何かが邪魔をしている。固く乾いて冷たくなったパンが入っているのが見える。

手つかずのまま忘れられたこの一切れは誰のものなのだろう？　妻がそこに残したはずはない。彼女はこういう種類のパンを食べるのをやめている。過敏症なのだそうだ。ふと疑念が心に浮かび、夢の中以上にぞっとするような不安を感じる。妻に愛人がいたのだろうか、入れたままになっているパンの一切れはその男のものなのだろうか、と考える。

前日の朝に妻と別の男がキッチンで朝食をとっている姿が見える。それは二人にとって、彼が戻る前の最後ののんきな朝食だったのだろう。晴れ晴れとした表情でガウンをはおり、髪を乱したままの妻が見える。愛人のためにパンにジャムを塗っている。それから場面はぼやけていき、疑念は消える。何も変わっていないことも、この家や二十年以上前から知っている妻と同じように、そのパンの一切れが彼のものだということもわかっている。二か月前のあの朝、出発前に自分で焼いて、食べ忘れてしまったのだ。うっかり者の彼にはよくあることだった。

コーヒーを注ぎ、新しく焼いたパンにバター、それからジャムを塗る。夜の静けさの中で朝食をとる。遠くの道路を全速力で走る自動車の音が何秒間か聞こえるほか、物音一つしない。

妻に夢のことは話したくない。恥ずかしいと思う。暗い道、ボディーのない車、片側だけの影などの意味するもの、それはあまりにも明白で、見え透いているように思えるほどだ。

ベッドの彼女の隣にもどる。しっかり抱きしめても彼女は気づかない。そして、ずっと昔にしたもう一つのドライブ旅行のことを考える。それは二人の新婚旅行で、まる一か月の間、外国を車で旅して過ごした。毎日ほとんど一日中、二人で運転してその国の田舎をまわった。果てしなくつづく道をスピードに酔い心地で走ったことをいまも覚えている。若く未熟で、まだすべてに期待していたころは、自分の進む道が深い裂け目のようには思えなかった。

いま、夢のいちばん奥深い意味がはっきりとわかる。同じ人の隣で人生を過ごしてきたことへの驚きなのだ。影がつねに片側にあり、危険と隣り合わせだったにもかかわらず、止まらず、何にも妨げられずに。いま、二人の出発点となったあの最初の旅が薄暗がりの中に見える。それよりも夢の濁りのない真実の方がましだと思う。ただ、あのころはどんな夢でも彼女と分かち合ったことだろう。

謝辞

どの本も仕上がるまでは到達不能な目標のように思えるものだが、この本はほかのどれにも増してそうだった。サーラ・アントネッリ、ルイジ・ブリオスキ、ラファエッラ・デ・アンジェリス、アンジェロ・デ・ジェンナーロ、ジョヴァンニ・デ・マウロ、ミケーラ・ガッリオ、フランチェスカ・マルチャーノ、アルベルト・ノタルバルトロそしてピエルフランチェスコ・ロマーノの支えと気配りがなかったら、書き上げることはできなかっただろう。

「インテルナツィオナーレ」誌連載時にイラストを描いてくれたガブリエッラ・ジャンデッリ、短篇『薄暗がり』の着想を与えてくれた写真を撮ったマルコ・デログ、魂の場所であるローマのアメリカ研究センターに特別な感謝の言葉を贈りたい。

訳者あとがき

ジュンパ・ラヒリの前作『低地』の訳者あとがきで、小川高義氏は次のように書いた。

「この二、三年、ラヒリがローマに生活の本拠を置いて、イタリア語にどっぷり浸っていたという事情もあって、次にどんなものが書かれるのか、まるで見当がつかなくなっている。ひょっとすると次の作品を訳すのは私ではなく、どなたかイタリア語の翻訳者であるという可能性だって、まったくないとは言えない」

その「ひょっとすると」が現実になってしまったわけで、この『べつの言葉で』（原題は *In altre parole*）はラヒリがイタリア語で書いた最初の作品である。

二十年以上前のフィレンツェ旅行で初めて聞いたイタリア語に、「ある日偶然出会ってすぐに絆とか情愛を感じる人」のような親近感を覚え、自分の中に「この言語の落ち着けるスペースがある」と感じたラヒリは、アメリカに戻ってから、まず独学で、それから家庭教師についてイタリア語を学びはじめる。そして二十年間、「湖の岸沿いを泳ぐように」イタリア語の勉強をつづけてきたが、「浮き輪なしで」向こう岸に渡る決心を固め、二〇一二年の夏、家族とともにローマに移住、イタリア語にどっぷり浸る生活を始めた。

ラヒリの作品はすべてイタリア語にも翻訳されているし、また文芸フェスティバルなどに招待されて何度かイタリアを訪れているから、その名はイタリアの文学愛好者の間でもよく知られている。彼女がローマを新しい生活の場として選んだことは、イタリアにとってうれしい驚きであり、メディアでも大きく取り上げられた。二〇一四年のヴェネツィア映画祭では審査員を務め、レッド・カーペットを歩く彼女のドレス姿が雑誌のグラビアを飾ったりもしている。

イタリアで最も有名な週刊誌の一つであるレスプレッソ誌のインタビューで、ローマに移り住んだ理由について、ラヒリは次のように語っている。

「わたしは二十年間、実際的な必要性のまったくないイタリア語を、ただ自分の願望のためだけに学んできました。ここへ引っ越したいと思ったのは、実際の生活を通じて言語を体験したかったからです。わたしはほとんどずっと合衆国で暮らしてきて、別の文化の中で自分自身を完全にさらけ出してみたいと思っていました。それに、わたしの小説に出てくる人物はほとんど外国人です。わたしは自分自身で徹底的に彼らと同じ経験をしてみたいと思っていました」

ローマに着いて一週間後、ラヒリは湧き上がる衝動に突き動かされ、「まちがいだらけで、恥ずかしくなるようなイタリア語で」、秘密の日記を書きはじめる。そしてノート一冊書き尽くしたころ、日記だけでは物足りなくなり、ごく短い作品を作ってはイタリア語の先生に添削してもらう、ということを始める。そんなことをしているある日、一つの物語がまるごとイタリア語で頭に浮かび、二日で書き上げたのが、短篇小説「取り違え」である。

イタリア語で書くことについて、同じインタビューでラヒリはこう言っている。

「大人になってから覚えた言語で、またそれをわたしが気まぐれで住むことにした町で書くのは、仮面をかぶるのに似ています。使う言葉はわたしのものですが、他人の言葉のように感じます。だからこそ、英語でははっきり言う勇気のなかったことが、イタリア語では表現できるのです。またそれがローマで居心地よく感じる理由でもあります。わたしの心の奥底を保護する皮膚が一枚増えたといったところでしょうか。もっとも、外国語で書くのは、障害物をわざと作っているようなものので、不便でもありますが」

ベンガル人の両親を持ち、アメリカで育ったラヒリは、家庭内ではベンガル語、家を一歩出ると英語という、二つの言語を使い分けなければならない環境で育った。そしてこの二つの言語は「相容れない敵同士で、どちらも相手のことががまんできないようだった」。イタリア語を勉強したのは、この「母」と「継母」の対立から逃れる手段でもあった。あるインタビューで、ラヒリは「わたしにとってイタリア語は救い」だったとも語っている。イタリア語が加わることで三角形が形成され、「昔から仲が悪かったカップルの力学が変化」したのである。

この作品集には二十一の自伝的エッセイと二つの短篇小説が収められている。エッセイは二〇一四年に『インテルナツィオナーレ』という週刊誌（フランスの『クーリエ・アンテルナシオナル』という情報誌にインスピレーションを得て一九九三年に創刊され、世界の政治、経済、文化など幅広い分野の記事が掲載されている）におよそ半年にわたって連載された。連載最終週となった七月十一日号の編集後記で、編集長のジョヴァンニ・デ・マウロは連載のいきさつについてこのように記している。

「ジュンパ・ラヒリがローマに住んでいることを知ったとき、信じられない気がした。著名な作家が移り住むのはたいていパリかニューヨーク、ロンドン、あるいはベルリンなのだから。

ジュンパ・ラヒリの作品は編集部内で愛読されている。だから、インテルナツィオナーレ誌にときどき寄稿して、たとえば、この国を新しい家として選んだ作家の目から見たイタリアについて語ってもらうよう、彼女に依頼するのはごく自然なことのように思われた。だが、この二十一週間にわたってわたしたち（作家、雑誌、読者）がいっしょに行い、本号で終わることになるこのような旅を、ジュンパが提供してくれるとは予期していなかった」

ラヒリはこれらのエッセイを「イタリア語の宿題」のように毎週一章ずつ書いた。草稿ができると、まずイタリア語の先生が添削して文法的なまちがいを直す。次に友人のイタリア人作家二人に見せ、いっしょに主題の面から文章を細かく検討する。そして最後にインテルナツィオナーレ誌の編集者のチェックを経るのだが、編集者たちは「新しい言語で表現したいというわたしの願いを理解してくれ、わたしのイタリア語のおかしさを尊重し、不完全で少しぎこちない文章の実験的な性質を受け入れてくれた」という。そのことに関連して、同じ編集後記で編集長はこう述べている。「インテルナツィオナーレ誌に連載されたエッセイはグァンダ社から出版されることになっている。そして、英語訳をどうするかがすでに問題となっているが、考えてみるとこれは困難な仕事となるだろう。なぜなら、文章の小さなまちがいや欠陥、わずかに調子のはずれた言葉の選択などが見逃されてしまう恐れがあるからだ。この六か月間に、それがどう進化していくかを感じながら読むのも、一つの興味深い読み方だったのだから」

残念ながら、これは日本語訳にも同じことが言える。たしかにラヒリのイタリア語には不自然な言い回しや意味のわかりにくい文などがあったのだが、連載が進むにしたがい、少しずつこなれたイタリア語になっていった。だが、そのような細かいニュアンスを翻訳で伝えるのは難しいだろう。このエッセイが三度の添削を経て活字になったと書いたが、実はその後もう一度添削されている。私が翻訳のために受け取ったのは、雑誌に連載された二十一のエッセイに短篇小説「取り違え」を加えたタイプ原稿だった。*In altre parole*（べつの言葉で）というタイトルもついていて、イタリアでは二〇一四年の秋に出版される予定になっていた。知り合いの書店にその本を予約注文し、タイプ原稿から訳しはじめたのだが、秋が終わって冬になり、年が明けても出版の知らせは届かない。そうこうしているうちに翻訳は終わり、一通り見直しもすんで、出版社に原稿を送ろうとしていた一月の末、ようやく書店から本が届いたという連絡があった。

インクの匂いのする本を開いて目次を見ると、最後が「取り違え」ではなく、「薄暗がり」になっている。タイトルを替えたのかと思ってページを開くと、それはまったく別の短篇小説で、単行本用に新たに書き下ろされたものだった。そして「取り違え」は本の真ん中あたりに移っていた。急いで「薄暗がり」を訳し、原稿を送る前に一応全体に目を通しておこうと、最初の「横断」を読みかえしていくと、タイプ原稿とは単語や語順が違っている部分が何か所もあることに気づいた。そこで、単行本、タイプ原稿、翻訳原稿を対照しながらの本格的な見直し作業が始まった。

動詞や形容詞が、同じような意味だが微妙にニュアンスの異なる言葉に入れかえられていたり、形容詞がつけ加えられたり削られたりした箇所がいくつもある。日々「言葉の採集」をつづけているラヒリのイタリア語の語彙は、いまも増えつづけているはずで、雑誌の連載後、より適切と思われる単語を見つけたのだろう。また、語順を変えたり、文を加えたり削除したりして、読みやすくなったところも少なくない。

私は翻訳中、意味のよくわからない文に出会うたび、イタリア人の友人にたずねていた。たいていの場合、「ちょっと変なイタリア語だけど」というただし書きつきで、意味を明確に教える返事が返ってきたのだが、彼にも意味がはっきりつかめないところも何か所かあった。ところが単行本では、ラヒリの言う「わたしのイタリア語のおかしさ」、「不完全で少しぎこちない文章」はそのままに、彼にも意味が不明瞭だったところは、意味がよりはっきりつかめる文に書き直されていた。

おそらく、この四回目の添削はラヒリ自身が行ったのだろう。彼女のイタリア語への情熱、飽くなき向上心はこういうところにもよく表れている。

質問にいつも丁寧に答えてくれただけでなく、ふさわしい訳語をいっしょに考えてもくれた友人で日本の古典文学研究者のエドアルド・ジェルリーニさん、好きな作家だったジュンパ・ラヒリを翻訳するという、まったく思いがけない幸運な機会を与えてくださった新潮社の須貝利恵子さんに深く感謝します。

二〇一五年八月

中嶋浩郎

IN ALTRE PAROLE

Jhumpa Lahiri

べつの言葉で

著 者

ジュンパ・ラヒリ

訳 者

中嶋浩郎

発 行

2015 年 9 月 30 日

6 刷

2023 年 11 月 30 日

発行者　佐藤隆信

発行所　株式会社新潮社

〒162-8711 東京都新宿区矢来町 71

電話 編集部 03-3266-5411

読者係 03-3266-5111

http://www.shinchosha.co.jp

印刷所

株式会社精興社

製本所

大口製本印刷株式会社

乱丁・落丁本は、ご面倒ですが小社読者係宛お送り下さい。

送料小社負担にてお取替えいたします。

価格はカバーに表示してあります。

ISBN978-4-10-590120-2 C0398

CREST BOOKS

Shinchosha

低地

The Lowland
Jhumpa Lahiri

ジュンパ・ラヒリ
小川高義訳

若くして命を落とした弟。その身重の妻をうけとめた兄。
着想から十六年。両親の故郷カルカッタと作家自身が
育ったロードアイランドを舞台とする波乱の家族史。
十年ぶり、期待を超える傑作長篇小説。

CREST BOOKS

停電の夜に

Interpreter of Maladies
Jhumpa Lahiri

ジュンパ・ラヒリ
小川高義訳

デビュー短篇集がピュリツァー賞受賞の快挙。
O・ヘンリー賞、PEN／ヘミングウェイ賞ほか独占。
遠近法どおりにはゆかないひとの心を、細密画さながらの
筆致で描き出す才能。近年のアメリカ文学界最大の収穫。

CREST BOOKS

思い出すこと

Il quaderno di Nerina
Jhumpa Lahiri

ジュンパ・ラヒリ
中嶋浩郎訳

ローマの家具付きアパートで見つけた一冊のノート。
そこには、ラヒリによく似た謎の女性による
たくさんの詩が書き残されていた──。
創作と自伝のあわいに生まれたもっとも自伝的な作品。

CREST BOOKS

見知らぬ場所

Unaccustomed Earth
Jhumpa Lahiri

ジュンパ・ラヒリ
小川高義訳

子ども時代から家ぐるみで親交のあった男女の、
遠のいては近づいてゆく三十年を描く連作短篇ほか、
『停電の夜に』以来九年ぶり、待望の最新短篇集。
フランク・オコナー国際短篇賞受賞！

CREST BOOKS

美しい子ども

The Best Short Stories
from Shincho Crest Books

松家仁之編

〈新潮クレスト・ブックス短篇小説ベスト・コレクション〉

創刊十五周年特別企画。フランク・オコナー国際短篇賞受賞作三作を含む、シリーズの短篇集十一作から厳選した現代最高のアンソロジー。ミランダ・ジュライ、ジュンパ・ラヒリ、ネイサン・イングランダー、アリス・マンローほか。

CREST BOOKS